김제홍의

생각을 읽·다

김제홍의

"생각을
읽·다"

국민의 마음을 탐(探)하다

김제홍 지음

봄봄

프
롤
로
그

프롤로그

　2021년 봄, 2년간의 강릉영동대학교 총장 임기를 마치고 평교수로 돌아왔다. 무거웠던 겨울의 두꺼운 외투를 벗고, 가벼운 봄옷으로 갈아입은 느낌이었다. 그해 3월부터 대학 연구년을 갖게 되면서 오랜만에 고향을 찾았다. 청주에서 고향 내수로 가는 옛길은 의외로 한적했다.

　내수읍을 지나 고향 세교리로 들어서는 길목에 접어들자, 익숙한 풍경이 들어온다. 아버지가 사시던, 나의 집이다. 시원한 산바람과 함께 어디선가 불어오는 물비린내가 훅 끼쳐 들어온다. 고향의 냄새였다.

　그러다 눈 앞에 펼쳐진 장면에 잠시 생각이 멈추어섰다. 내가 기억하는 고향의 모습이 올 때마다 자꾸만 변해가고 있었다. 고향 주변에는 산업단지의 건물들이 빼곡히 들어섰고, 파란 하늘에는 귀를 찢는 듯한 전투기의 굉음이 사방을 진동시켰다. 그 풍경은, 어린 시절의 기억을 소환했다.

　천진하게 뛰어놀던 코흘리개 시절, 눈부시게 빛나는 냇가 백사장과 하늘 끝 모르게 아득히 푸르르던 미루나무 청량한 바람이 내 마음 한구석에 아직도 생생하게 일렁이고 있다.

엄마야 누나야 강변 살자
들에는 반짝이는 금모래빛
뒷문 밖에는 갈잎의 노래
엄마야 누나야 강변 살자.

김소월의 시를 노랫말로 듣게 될 때마다, 내 고향 내수 세교리의 전경이 아련하게 피어오르곤 했다. 나는 그곳에서 태어나고 자랐다. 작고 아담한 고향 집 주변에는 채송화와 봉선화가 가득했고, 집 앞으로는 맑은 내가 흘렀다.

천변에 서서 시냇물을 바라보고 있자니 어린 시절로부터 흘러온 물길처럼 절로 소환된 내 유년의 정경이 펼쳐진다. 그리고 무엇보다 그 유년의 풍경 속에 또렷이 살아있는 분이 보인다. 나의 할머니다. 조모께서는 이미 오래전 작고하셨지만, 그분의 정신적 유산은 지금도 내 삶의 가치관을 이루는 곧은 뼈대이다. 매사 사리 판단력이 정확하고 올곧으셨으며, 내 가족뿐 아니라 주변인을 모두 아우르고 베푸는 삶을 사셨던 할머니의 인품을 흉내만 낼 수 있어도 나의 인생은 크게 후회가 없을 것이다.

1
부

> 미래를 위한
> 새로운 꿈

언제부터인지 내 고향이 변했다. 수많은 공장이 들어서고 온갖 축사가 늘어나서, 그토록 투명하게 맑았던 고향의 천(川)은 무질서한 잡초더미와 녹조로 덮여 있었다.

내가 태어난 '가는 다리 마을'로 부르던 세교(細橋) 1리에서 초등학교 3학년 때 관암마을인 세교 2리로 이사를 했다. 그때의 살던 집들은 이미 흔적도 없이 사라지고 다양한 식품공장이 들어서 있었다. 얼마 남지 않은 마을 노인들이 그나마 고향을 지키고 있다.

"여기 고향 사람들은 많이 살지 않아. 거의 타지 사람들이 자리를 잡아 살고 있지. 젊은이들은 도시로 빠져나가고 농사를 지을 사람은 노인들뿐이야. 마을 사람들은 이제 공장에서 일하는 것이 더 편하고 돈도 더 잘 버니까 농사를 지으려고 하지 않아."

주름진 얼굴의 마을 어른의 말씀을 듣고 나니, 농촌의 현실이 피부에 와닿았다. 농촌과 도심이 조화롭게 살 수 있는 길은 없을까. '농촌을 활기차고 행복한 일터로 만들 수는 없는 것일까.'라는 생각이 화두처럼 마음속에 자리 잡았다.

원래 나의 고향 내수는 청주가 아닌, 청원군이었다. 해방 직후인 1946년 청주군에서 청원군이 분리되어 66년을 지내다가, 2014년 무려 4번의 도전 끝에 청원군과 청주는 통합되었다. 1994년 청주·청원 통합이 처음으로 시도된 이후 18년 만의 결과였다. 통합은 쉽지 않았다. 서로 다른 인식과 차이가 존재했다.

하나로 뭉쳐지는 과정, 다양한 영역에서 상생발전 방안이 필요했고, 결국 하나의 청주가 탄생했다. 청원군민이 통합을 선택한 가장 큰 이유는 세종시가 태동하고 대전과 천안 등 인근 도시가 비약적인 발전을 하고 있기 때문이었다. 청주·청원의 각자 생존으로는 경쟁력을 갖출 수 없다는 데 있었다.

그런데 언제부턴가 농촌의 경관이 퇴색되고 있다. 마을과 자연경관에 어울리지 않는 소규모 공장이 난립하고, 우량농지가 산업단지로 돌변하기노 한다. 농촌 고령화와 함께 빌생하고 있는 빈집과 폐업한 공장 등 폐건축물은 농촌의 흉물로 남은 지 오래다. 자연환경과 조화를 이룬 경관에 높은 가치를 부여했던 농촌 공간이 병들어가는 역설적인 상황이 벌어지고 있다. 게다가 농촌 마을부터 시작된 지역소멸 위기도 심각해지고 있다. 대도시 중심으로 인구가 집중되면서 지역 이탈 현상도 멈춤 없이 직진하고 있다. 무엇보다 현실은 농촌 공간이 지닌 내재적 가치를 보전하는 제도적 장치가 미흡하고, 농촌은 서서히 무너져가는 것만 같아 안타까움을 금할 수 없다.

농산물이 풍성한 논밭과 산림이 조화를 이룬 농촌 경관은 돈으로 환산할 수 없는 가치를 제공한다. 그러한 정경은 특정인의 소유가 아니며, 누구나 마음껏 자연을 벗하는 호사를 누릴 수 있다. 그러나 산업화와 함께 규제의 사각지대를 틈타 농촌 지역은 난개발과 무분별한 토목 및 건축 공사장이 되고, 농촌인구 고령화와 이탈로 방치된 빈집은 농촌의 새로운 문제점으로 드러나고 있다. 농촌 지역 곳곳에서 이른바 '농촌다움'이 사라져가고 있다.

이러한 여러 생각 끝에, 나는 새로운 소망을 갖게 되었다. 고향을 품고 있는 청원구를 다시 살려야겠다는 다짐이 점차 절실해졌다.

청주시에서 도시와 농촌이 함께 어우러져 있는 곳이 청원구다. 청원군이 청주시와 통합되면서 면적이 가장 큰 도시로 등재되었다.

세계적으로 행복지수가 높고 살기 좋은 곳으로 손꼽히는 모든 도시에는 깊고 넓은 숲을 품은 공원이 반드시 존재한다. 빌딩 숲으로 빽빽한 도심에 푸른 숲이 가득한 공원은 도심의 숨통을 틔워주는 허파 역할을 하기 때문이다. 센트럴파크 없는 뉴욕을 상상해보라. 얼마나 삭막하겠는가.

따라서 미래의 청원구는 청주시의 푸른 허파가 되어야 한다고 믿는다.

숲이 울면, 사람도 운다

1900년 이후, 지구의 평균기온이 계속 오르고 있으며 인간의 산업 활동이 활발한 시점부터 상승 폭이 더욱 증가하고 있다. 이에 따라, 지구 전체의 평균 강우량이 증가하고 예상치 못한 기상 재해가 발생하는 등 지구 생태환경 전체에 큰 변화를 일으켰다.

특히 산성비는 공기 중의 오염물질로 만들어진다. 자동차의 매연, 가정에서 내보내는 가스, 공장의 연기 등이 공기 중에 떠 있는 물방울과 결합하여 안개처럼 나타나고 이것이 빗물과 함께 녹아내리는 것이 바로 산성비나. 산성비가 내리면 땅이 산성화되이 식물이 제대로 자라지 못하므로 산림이 파괴되고 곡식의 수확량이 줄어든다. 또한, 호수와 하천의 물이 산성화되어 물고기가 살기 어렵게 되고 사람의 건강에도 해를 입힌다.

지구 전체 산림면적의 25%를 차지하고 있는 곳이 바로 아마존 밀림이다. 우리 지구에 필요한 산소량의 25%를, 아마존 밀림에서 공급해 준다. 그러나 무분별한 토지개간과 벌목 등으로 인해 해마다 넓은 면적의 밀림이 사라지고 있다.

밀림이 사라지면 물을 저장하는 기능이 약해져 물의 증발량이 적어진다. 그렇게 되면 결국 강우량이 적어지고, 어쩌다 비라도 내리게 되면 토사가 씻겨 내려 나무가 없는 땅은 사막으로 변한다. 산림의 파괴는 끝내 황량한 사막 현상을 초래하는 것이다.

아마존강 유역의 열대 우림에는 '지구생태계의 보고'라고 할 만큼 많은 동식물이 서식하고 있다. 그러나 경제적 이익 추구에 따른 무분별한 개발로 지구상 열대 우림의 반 이상이 사라졌다. 이로 인해 다양한 생물이 서식할 수 있는 장소도 점차 사라지고 있다.

최근 지구에는 엘니뇨와 라니냐라고 불리는 기상이변 현상도 이와 무관하지 않다. 태풍, 홍수, 가뭄 등의 기상이변 때문에 지구촌 곳곳에 심각한 재난이 점점 빈번하게 발생하고 있다. 전 세계적으로 육지 전체 면적의 약 1/3을 차지하고 있는 산림은 인간에게 이루 말할 수 없는 많은 혜택을 주었지만, 인간은 그 혜택을 잊고 훼손해버렸다.

이제 현실로 다가온 지구온난화에 따른 기후 변화는 숲의 생태계를 파괴하며 우리의 생명과 보금자리를 위협하고 있다. 숲이 울면 결국 사람이 울게 되는 것이다.

기후 변화와 지구온난화는 인류의 생존과 복지에 직결된 문제다. 우리는 온실가스 배출 감축, 산림 보전, 대기오염 저감 등의 대책을 통해 이 문제를 해결해야 한다. 개인과 정부, 기업이 함께 협력하여 지구의 생태계를 보호하고 지속 가능한 미래를 위해 노력해야 한다.

   그런 이유로 환경과 사람, 그리고 우리 사회에 유익한 ESG 경영
은 더욱 필요한 시점이다.

2
부

"

대학의
총장이 되다

"

ESG 경영은 기업과 소비자에게 매우 중요한 경영방식이다. 또한, 환경 지속 가능성과 사회적인 책임, 지역 상생을 우선시하는 행동들이 모두 이에 포함된다.

ESG는 환경(Environmental)과 사회(Social), 그리고 지배구조(Governace)의 약자이다. 투자자와 기업이 함께 기업 성과 및 영향을 평가한다. ESG 경영의 결과는 경영자와 구성원, 그리고 주변의 환경까지 모두에게 이로운 제도다. 이미 선진국에서는 연구와 실천을 통해 모두가 만족하는 경영시스템이다.

ESG 경영철학은 내가 총장 재임 시절, 어려운 노사갈등의 문제와 구성원 간의 분규를 해결하는데 원동력이 되었다. 이러한 유의미한 경험을 통해 ESG 경영은 학교뿐만이 아니라, 작게는 가정으로부터 점차 회사와 국가에도 적용하게 되면, 건강하고 혁신적인 사회가 이뤄질 수 있다는 확신을 지니게 되었다.

사실 어떻게 보면 ESG 경영철학의 모태는 나의 할머니로부터 비롯되었다고 볼 수 있다. 지금 생각해보니, 할머니의 삶 자체가 곧 ESG 경영철학의 실현이었다. 옛 어른들이 대부분 절약하는 삶을 사셨지만, 할머니께서도 쌀뜨물 하나도 허투루 버리지 않으셨으며, 사용한 모든 자원이 자연 순환적으로 이어져 돌아가게끔 하셨다. 또한, 내 가족의 이익보다 마을 전체와 이웃의 삶을 먼저 배려하는 모습은 어린 내 눈에도 교과서의 위인처럼 멋있어 보였다. 일상을 늘 함께 하는 할머니의 그런 삶의 태도는 나에게도 물과 공기처럼 그대로 스며들어 자연스레 내 삶의 철학이 되었다.

어떻게 보면 내 고향 청원구와 국가를 위해 봉사할 수 있는 꿈을 품게 된 것도 할머니의 영향이 컸고, 자연환경, 인적 환경, 사회환경을 우선시하셨던 할머니의 삶을 현대적 이론으로 개념을 세운다면, 그것이 바로 ESG 경영철학이 되는 것이었다.

2012년 9월, 학교 상황은 어수선했다. 교수협의회와 직원노조가 결성되면서 대학을 운영하는 사학재단의 문제점을 파고들기 시작했다. 교수협의회 측에서는 그동안 부조리했던 부분을 파고들면서 분쟁의 기운이 점점 확대되고 있었다. 거기에 직원노조는 노조대로 노동권 문제를 들고 나왔다. 파업의 분위기는 여기저기서 용암처럼 분출되어 나왔고, 갈등은 쉽게 봉합되지 않았다. 그때 총장님으로부터 연락이 왔다.

대학 교정의 단풍이 서서히 물들어갈 무렵, 총장님은 창밖을 보며 말했다.

"지금 학교 상황이 어려우니 김 교수님이 이 일을 맡아 주셔야겠어요. 젊은 교수님이다 보니 학생들과의 소통도 원활하실 겁니다.

종합인력개발처장(학생처장)이라는 보직은 중심을 잡아야 하는 자리 잖아요."

'중심을 잡아야 하는 자리'가 학생처장의 위치였다. 중심을 잡으려면 무엇보다도 일의 균형을 맞춰야 가능한 일이었다. 모든 일에는 각자의 이익이 결부되어 있었다. 교수협의회는 교수들의 권익이, 직원노조는 직원들의 이익이 담겨 있는 것이다. 재단 측은 그동안의 기득권을 지키려고 온 힘을 기울일 것이다.

먼저 곧 있을 대학기관 인증평가를 앞두고 머리가 복잡했다. 인증평가는 대학 운영 전반에 걸친 평가 결과를 사회에 공표함으로써 해당 대학의 교육의 질을 보증하고 교육기관으로서 사회적 신뢰를 부여하는 것이다.

대학기관 평가인증은 대학이념 및 경영, 교육과정 및 교수·학습, 교원과 직원, 학생지원 및 시설, 대학 성과 및 사회적 책무 등 5개 영역의 30개 세부지표를 설정, 대학 운영 전반에 관한 사항을 종합적으로 평가해 인증 여부를 결정하고 있었다. 이는 대학이 구현하고자 하는 교육의 질을 보증할 수 있는 최소요건을 확보하고 있어야 한다는 의미였다.

대학평가 인증결과를 통해 인증을 획득해야 정부의 재정적 지원을 받을 수 있기 때문이었다. 적어도 인증이나 조건부 인증을 취득해야만 국고 일반재정지원의 참가 자격이 주어지기 때문에 중요한 절차였다. 무엇보다도 국가지원금을 받게 되어 지속적인 교육시설 및 환경이 개선되고, 미래 시대를 선도하는 인재 양성을 위한 교육

강릉영동대 신임 총장에 김제홍 교수 선임

인프라를 구축할 수 있기에 중요한 사업이었다.

대학기관 인증을 준비하는 과정에서, 학생을 가르치기만 하다가 대학 행정의 전반에 대해 행정가로서 배우고 알아가는 계기가 되었다. 대학의 존재 이유를 시작으로, 교육의 진정한 의미를 다시 한번 깨우쳐주는 소중한 시간이 된 것이다.

대학인증기관도 줄 세우기 정책 중 하나였지만, 기본적인 요건을 대학에 제시하고 그 요건을 충족시키기 위해 숫자로 박제된 틀에 맞추기 위해 온갖 자료를 뽑고 데이터를 입력해 최적의 답안을 찾아냈다. 그 결과 11월 대학기관 인증평가에서 우수대학으로 선정되었다.

다음 해 2013년 2월에는 교학처장(교무, 입학, 학생 통합조직)으로 임명되면서 2018년 10월까지 6년 최장수 처장 보직을 맡은 교수로 이름을 올리게 되었다.

대학의 정상화, ESG 경영 정신으로

빨리 가려면 혼자 가고, 멀리 가려면 함께 가라

교수로 재직하면서 여러 보직을 맡아 보았지만, 교수는 역시 학생을 가르치는 일에 가장 보람을 느낀다. 보직을 내려놓을 때마다 홀가분한 느낌이 들었다.

2018년 가을, 6년 동안 맡아왔던 교학처장을 내려놓고 평교수로 돌아갔다. 그럴 즈음 직원노조의 쟁의 활동이 활발하게 펼쳐지기 시작했다. 쟁의의 목적은 이사회의 퇴진 운동이었다. 사학재단의 부조리가 쟁의(爭議)의 주요 원인이었다.

학내 구성원들이 비리 사학재단 퇴진 운동을 벌이며 비판 움직임이 표면화되면, 법인은 징계의 칼날을 휘두르며 이들을 탄압하는 것도 특징이다. 재단 측과 교수협의회 그리고 직원노조의 대립이 갈수록 격렬해졌다.

사립대학의 존립은 대학 공동체의 소통 연대가 만들어 낼 새로운 역사이어야 한다. 사학재단은 설립은 하되, 운영은 대학의 구성원과 학생들에게 온전히 맡기는 것이 순리다. 또한, 대학의 미래를 위한 소통의 연대로 이어져야 한다. 공동체 노력으로 연결되어 전통으로 되살아나 자유로운 영혼의 연대 관계로 대학의 정신이 유지되어야 한다. 대학은 교육공동체 모두의 노력으로 얻어지는 것이지, 재단이 모든 권한을 갖고 대학을 운영하는 것도 잘못된 일이었다.

그럴 즈음, 이사장으로부터 연락이 왔다. 뜻밖의 제안이었다. 대학 총장을 맡아달라는 것이었다.

흔히 '군대의 꽃은 장군이다.'라는 말이 있는 것처럼, 대학교수에게는 총장이라는 이름이 교수의 꽃처럼 여겨지곤 한다. 따라서 내게는 놀라운 제안이고, 영광스러운 자리였다. 하지만 지금과 같은 혼란한 시기에 총장을 맡는다는 것은 결코 평안한 꽃길이 아님을 직감했다. 대학의 상황은 점점 심각해져 존폐위기까지 치닫고 있었다. 오랜 숙고 끝에 마침내 총장직을 맡기로 하고 2019년 3월, 발령을 받아 임기를 시작했다.

총장으로서의 마음가짐과 학교 운영 방침은 가장 먼저 투명성과 공정함을 원칙으로 내세웠다. 3월 한 달은 가장 갈등을 빚고 있는 노조와 이사회를 중재하기에 바빴다. 총장 취임식조차 생략한 채, 양쪽 진영을 오가며 우선 '대학의 정상화'라는 목표만 보고 일을 추진했다. 공멸할 수는 없는 일이었다. 이 과정에서 내가 가진 것을 내려놓는 것은 참으로 어려운 일이었다.

총장으로 취임하면서 그동안 연구하면서 관심을 가졌던, ESG 경영철학이 필요한 시점이었다. 한마디로 요약하면, 투명경영이었다. 대학경영 정상화를 위해 이사회와 노조 사이에서 수많은 압박과 회유가 있었지만, 애써 이겨 냈다. 마음속에 오직 대학 정상화만을 생각하면서 어려운 상황들을 극복해 나갔다. 먼저 갈등의 요인을 찾기 시작했다. 문제점이 무엇인지 찾아가기 시작했다.

'빨리 가려면 혼자 가고, 멀리 가려면 함께 가라'

- 아프리카의 속담

먼저 대학의 ESG 거버넌스(governance)구축에 힘을 썼다. 일방적인 개혁이 아닌, 공동의 목표를 달성하기 위해 주어진 조건 내에서 모든 이해 당사자가 투명하게 의사결정을 하는 방식이었다. 모두가 참여해서 부정의 소지가 사라지게 하는 것이다.

대학의 운영을 재단뿐만 아니라, 노조 그리고 학생들이 함께 참여할 수 있는 방식을 모색해야 했다. 가장 먼저 나는, 민주적인 소통을 통해서 구성원과 함께 가기 위해 노력했다. 많은 구성원을 만나 대화하면서 중요한 사안들을 결정하기 시작했다. 문제가 있다면, 분명 반드시 정답이 있을 것이라고 믿었다. 애초에 총장직 제안이 왔을 때, 꽃길이 아닌 가시밭길임을 짐작했다. 현 대학의 재정과 인사에 관해 투명하게 공개하기로 약속받았다. 아무리 힘들더라도 허수아비처럼 시간과 자리만 지키는 껍데기 총장은 되지 않을 결심이었다.

취임하자마자, 총장 취임식도 고사하고 대학 정상화의 길을 찾아 분규의 한가운데로 다가섰다. 먼저 노조원인 대학 구성원과 재단과의 갈등과 분규를 해결하기 위해 동분서주했다. 노조원들을 찾아가 밤새워 그들의 이야기를 듣고 또 들었다. 현재 재단의 재정을 투명하게 공개하면서 함께 대학의 문제를 숙의하고 논의했다.

대학의 재정과 인적 구성은 대학을 품는 환경에 속한다. 세상의 모든 동·식물은 지구라는 환경에서 삶을 영위하듯, ESG 경영의 대표적인 것이 바로 환경(Environmental)이다.

아프리카의 밀림에서는 약육강식의 법칙이 존재한다.

거대한 먹이 피라미드의 사슬 아래, 질서를 유지하며 만물이 공생한다. 하지만 거대한 화재로 밀림이 잿더미가 되는 순간, 그 안의 질서와 공생은 존재할 수 없다. 먼저 화재를 피하고 더 좋은 환경을 찾아 살길을 찾아 떠나야 한다.

대학은 학생과 교수, 그리고 교직원이 살아가는 환경이다. 먼저, 환경을 개선해야 모두 함께 상생(相生)할 수 있는 것이 순리다. 모든 것을 공개하고 진솔하게 노조 측에 다가갔다. 부단한 설득과 이해를 통해 노조 측과 타협점을 찾아 나갔다. 반면, 재단 측과도 소통을 강화해 나갔다.

대외적으로는 재정 건전성을 확보하고자 학교발전기금 유치를 위해 대학교수협의회와 함께 활로를 모색했다. 교육부로부터는 30억에 이르는 재정을 유치하는 성과를 거두었다.

효율성이 낮은 예산, 낭비적인 행정 요소는 과감히 삭감해 대학의 재정을 투명하고도 철저하게 운영해 나갔다. 누구나 알 수 있도록 공명정대하게 공개하고 원칙을 세우니 그동안 문제였던 노사갈등과 인사문제, 그리고 빈약했던 재정문제가 서서히 개선되기 시작했다. 밀림을 뒤덮었던 화마의 불길이 서서히 잦아들고 대지에 초록의 싹이 돋아나기 시작한 느낌이었다. 구름 사이로 햇살이 반갑게 찾아들었다.

'맑은 물에서 고기는 더 잘 산다'

ESG 경영의 핵심은 투명함이다. 정직함이다. 속담도 바꿔어야 한다.

맑은 물에서도 고기가 사는 방법이 곧 ESG 경영이었다. 우리 대학은 다시 건강하게 살아났다.

환경(Environmental)인 대학 그리고 사회(Social)인 학생과 교수, 교직원 그리고 지배구조(Governace)인 재단과 총장이 균형(均衡)을 이루니 마침내 대학의 정상화가 이루어졌다.

다시 위기, 코로나-19를 넘어

학생을 가르치기 이전에 배우는 직업이 교수

2020년부터 대학이 점차 안정화되어갈 즈음 새로운 어려움이 다가오고 있었다.

중국발 코로나였다. 코로나-19는 2020년 초부터, 먹구름처럼 우리나라로 무섭게 밀려 들어왔다. 손 쓸 틈도 없이 전국으로 빠르게 확산하기 시작했다. 온갖 괴담이 횡행하였고 마땅한 치료제가 없어 전 세계가 공포에 빠져들기 시작했다. 대학 운영을 어떻게 해야 할지, 암담했다. 보이지 않는 적하고 싸운다는 것은 정말 어려운 일이다.

봄 학기 개강을 늦추면서 비대면(非對面) 학사운영을 준비하기 시작했다. 코로나-19의 확산으로 대면 수업은 쉽지 않으리라 판단했기 때문이었다. 정부에서 어떤 대책이 나오기 전에 미리 준비하지 않으면 어려울 것이라는 생각에 예산확보와 온라인 강의에 대한 전반적인 시행계획을 세웠다. 코로나-19로 인해 대학은 비상 상황에 직면하게 되었다.

2020년 4월, 교육부는 코로나-19 확산 상황과 국민 여론 등을 고려해 전국의 초·중·고 및 특수학교, 각종 학교에서 처음으로 '온라인 개학'을 실시하고 전면 원격수업을 도입한다고 발표하였다.

우리는 코로나-19사태가 벌어진 2020학년도 1학기에 개강 연기와 동시에 종강 연기를 결정하고, 선제적으로 코로나-19 대책위원회를 조직하여 준비하고 있었다. 첫 학기에는 다소 혼란이 있었으나, 학생과 교수 모두 비상 상황에 빠르게 적응하여 차차 안정된 교육이 진행되었다. 온라인 강의와 줌(Zoom)을 통한 원격수업이 정착되었고, 25명 미만의 실험, 실습, 실기 수업은 대면 강의로 전환하였다.

코로나-19는 대학에 많은 변화를 가져왔다. 온라인 교육 플랫폼과 인프라를 대대적으로 보완하고, 학생들과 교수 간 쌍방향 소통수업의 계기를 마련하는 기회가 되었다. 이제 교수와 학습의 새로운 가능성이 펼쳐졌다는 점에서 긍정적인 면도 찾을 수 있었다. 대규모 원격수업 체계를 마련하는 과정에서 시스템 오류나 접속 장애로 현장의 교수와 학생들이 불편을 겪은 사례도 있었지만, 학생들에게 질 높은 원격수업을 제공하기 위한 지속적인 보완 노력을 기울였다.

점차 원격교육 기반이 안정화되어 이후, 2022년 3월 오미크론비상 대응 상황에서도 접속오류 등의 문제가 발생하지 않을 수 있었다. 또한, 1학기 비대면 수업 운영을 통한 수업 결손 방지 및 지속적 교육지원을 위한 대학 원격수업 운영역량을 강화했다. 이에 필요한 인적 구성과 시스템을 최대한 빠르게 갖추었다. 무엇보다 이번 코로나를 통해 대학의 교육을 담당하는 CTL(교수학습센터)의 역할이 중요하다는 것을 절감했다. 코로나 때문에 영상 촬영이나 PPT 제작 등을 하면서 '어떻게 하면 더 잘 가르칠까?'에 대해 교수들에게 요구하다 보니, 여기저기서 교수들의 불만도 들려 왔다.

교수라는 직업의 본질은 가르치는 것이다. 하지만 환경에 따라 잘 가르치기 위해 노력하는 데 힘을 기울여야 하는 건 마땅하다 여겼고, 교수라는 직업은 학생들을 가르치기 이전에 배우는 직업이라고 생각했다. 교수들의 마음을 이해하면서, 총장이라는 관리자의 입장이다 보니, 어려움을 대처하는 시각(視覺)이 다르다는 것을 깨닫게 되었다. 참으로 힘든 상황이었지만, 교수들에게도 간곡하게 협조를 구했다.

교육 플랫폼이 변했기 때문에 교수들의 수업방식도 변화가 필요했다. 어떻게 하면 강의의 현장감을 원격수업을 통해 표현할 것인가. 학생들과의 상호 소통을 통해 강의를 활성화할 것인가에 대한 문제를 학사담당 부서와 교수들의 지속적인 연구 개발을 통해 의견을 모았다.

또한, 대학 내부에서 발생하는 문제나 위기에 대해 신속하고 효과적으로 대응해야 했다. 의견이 난무할 때, 정확하게 길을 찾아 제시하고 이끌어야 했다. 학생들의 요구나 교수진의 우려와 관련된 문제는 물론, 코로나-19와 같은 자연재해와 긴급한 예산 문제, 미디어의 부정적인 보도와 같은 외부적인 요소에도 민첩하게 대응해야 했다. 여기에 대학의 목표와 가치를 중시하면서 법적, 윤리적인 측면을 고려하여 결정을 내려야 했다. 또한, 학문적 품질과 대학의 안정성을 동시에 보장해야 하는 균형 감각을 잃지 않아야 했다.

교육환경이 어려울수록 교원의 역량 강화를 통한 교육의 질 관리를 위해 노력하고 혁신적인 교수 방법을 통한 학습지원이 절실했다. 각 과의 학과장 교수들과 긴밀하게 토론과 협의를 거쳐 코로나-19에 대응해 나갔다. 마치 전쟁의 한복판에서 보이지 않는 적과 싸우는 야전사령관이 된 심정이었다.

총학생회를 통해 학생과의 소통을 강화하면서 이론과 실습을 병행하여 수업은 중단없이 진행해 나갔다.

좀 더 편리하고도 유익한 화상수업과 LMS 콘텐츠 수업의 질적 향상과 활용 가능성을 모색하면서, 주변 대학교와 교류도 확대해 나갔다. 실시간 원격수업 활용을 주안점으로 교수와 교수, 학생 간의 소통도 긴밀하게 이어갔다. 코로나-19로 급속도로 변하는 교육환경에 적응하면서, 비대면 교수-학습 프로그램을 활성화할 수 있는 사례를 만들어나갔다.

한편으로는 나날이 거침없이 퍼져나가는 코로나-19의 기세에 학내외 방역관리 지원체계 구축을 서둘렀다. 그리고 지역기관과 연계해 강릉시 방재단과 공동방역을 구축했다. 교수협의회를 통한 신속한 의사결정과 상황전파를 공유(共有)했다. 무엇보다 학내 출입통제 및 모니터링을 강화해서 코로나의 확산을 적극적으로 막았다. 학내 밀집도 완화를 목표로 도서관, 기숙사 등 사회적 거리 두기에 따른 교내시설 운영방안을 만들어 신속하게 시행했다.

그 와중에 코로나-19 대책위원회를 편성, 운영하여 안전한 캠퍼스 구축에 온 힘을 쏟았다. 그런데 이번에는 학생들이 반발했다. 대학에 등교하지 않고 집에서 수강하는 방식에 대한 비합리성과 등록금 문제를 거론하며 이의(異義)를 제기했다. 코로나의 확산은

순식간에 모든 상식을 뒤엎어버릴 만큼의 광풍(狂風)이었다. 학생들의 요구에 대해서도 적극적으로 설득하고 비대면 학사운영의 필요성과 체계적 강의시스템에 관하여 이해를 구했다. 결국, 비대면(非對面)과 대면 수업 일수를 50대 50으로 조정해서 학생들의 요구에 균형을 맞춰나갔다.

비대면 수업으로 부족한 부분을 대면 수업으로 보충하는 형식을 취했다. 학생들은 흔쾌히 수용했고, 새로운 패러다임의 강의 방식과 교육의 운영방식에 적응하기 시작했다. 모든 것에는 시작이 있으면, 끝이 있는 법. 처음의 시작은 낯설었지만 새로운 형식의 수업방식에 적응해 나갔다. 그동안의 방식이 최선이라고 여겼던 학생들은, 오히려 신선한 방식의 수업을 새로운 교수법으로 받아들이기 시작했다.

점차 코로나-19가 안정세에 접어들 무렵, 2022년 2월 총장직에서 물러났다.

인문학은 시대를 이끌고 창조하는 힘의 원천

'인문학은 시대를 견디는 힘이다. 인문학에 미래가 있다.'

- 스티브 잡스

인문학은 모든 학문의 기초라고 할 수 있다. 생각하는 힘을 길러주는 학문이다. 인문학은 자연과학을 비롯해 타 학문과도 밀접한 상호 연관성이 있다. 인문학이 과학과 무관한 영역이 절대 아니다. 과학기술은 인간의 사유와 문화를 바꾸고, 인문학은 다시 끊임없이 과학에 새로운 영감을 제공한다. 또한, 사회와 인간에 대한 이해를 넓히는 학문이다. 누구나 인생을 살아가면서 처음 경험하는 것이 상당히 많다. 그때 타인의 경험을 빌려서 자기가 처한 어려움을 현명하게 극복하기도 한다. 그때의 다른 사람의 경험이 바로 인문학이다. 그 경험에서 얻은 지혜를 인문학적 소양이라고 한다.

오랫동안 집단적 농경 사회를 유지해온 인류에게 산업혁명의 시작은 1780년 와트의 증기기관의 등장이었다. 이는 곧 공업과 상업

사회 발전의 토대로 교통혁명을 가져왔다. 이로 인해 도시는 더욱 발달하고 자유민인 시민계층이 형성되기 시작하였다. 또한. 국가와 개인, 개인과 개인 사이에 발생하는 소유의 문제는 인권의 부상과 함께 시민혁명으로 이어졌다.

그 후, 〈2차산업혁명〉은 기계와 산업 과학화를 통한 대량생산 그리고 중화학공업과 석유와 전기 내연기관 등이 발달 되었다. 여기서 기계적인 부분들이 실질적으로 도입이 되면서 자본가와 노동자계급 등이 새롭게 탄생하게 되었다. 이어진 〈3차산업혁명〉의 원동력은 바로 컴퓨터의 발명이었다. 정보통신 기술을 활용한 정보화, 디지털 혁명이 바로 그것이다. 〈2차산업혁명〉이 인간의 신체적 기능에 대해 기계가 보조적 역할을 했다면, 〈3차산업혁명〉은 인간의 지적 능력을 수행해주는 역할을 했다.

지금의 〈4차산업혁명〉은 3차 산업혁명을 기반으로 해 생물학, 물리학, 디지털로 이뤄진 융합된 기술들이 경제체제와 사회구조를 급격히 변화시키는 기술혁명이라고 말할 수 있다.

이렇게 빠르게 변화하는 세상에서 인문학은 왜 필요한 것일까.

인문학은 인간과 인간의 근원문제, 인간의 사상과 문화에 관해 탐구하는 학문이다. 이처럼 과학기술과 산업이 급격히 발전하는 때야말로 인문학의 역할이 더 중요해지는 시기다. 인공지능과 같은 〈4차산업혁명〉 시대의 총아는 결국 인간의 손에 의해 만들어졌기 때문이다. 우리 사회가 정말 행복한 세상이 되려면 과학기술 분야의 중요한 역할에 더해 그 핵심 기술에 근거한 인간의 창의력,

감성, 도덕성 등 인문학적 자산의 결합이 선행돼야 한다. 그래서 인문학과 첨단 과학기술의 융합과 협업은 필수적인 것이다.

인문학과 과학기술이 지향하는 궁극적인 목표는 인간의 행복한 삶이다. 결국 '인간'에게 초점이 맞추어져 있다는 점에서 인간과 사회에 대한 균형 잡힌 통찰력이 필요한 것이다. 인간으로서 가져야 할 도덕성과 정신적 교양을 알려주는 인문학이야말로 〈4차산업혁명〉 시대에 또 다른 필수적인 학문이 아닐까. 정신문화를 함양(涵養)하고 인문의 꽃을 화려하게 피우지 않으면 우리 인간은 기계의 노예가 될 수도 있다.

가을이 깊어지는 10월, 일전에 내게 수업을 들었던 2학년 제자와 대화를 나눌 기회가 있었다.

"우리는 세상의 한 축을 이어가는 부품(部品) 같다는 생각이 문득 들어요. 우리 학과도 기계의 부품을 양성하는 학교 같습니다. 모든 초점이 취업에 맞춰져 있다 보니, 근본적으로 대학에 왜 왔나 하는 생각이 들어요."

제자의 말은 우리 대학의 교육 커리큘럼에 대한 근본적인 문제점을 놓치고 있다는 사실을 새삼스럽게 일깨워줬다. 단순한 지식의 전달이 대학교육의 목적은 분명 아니다. 그리고 학생들이 그 지식만을 갖춘 채 사회에 진출하게끔 하는 통로 역할만이 대학의 존재 이유는 아닐 것이다.

현재 많은 대학이 인문학 관련 학과를 폐지하고, 현실적으로 취업하기에 필요한 실용학과 위주로 학과를 편성하는 추세다. 대학도 따지고 보면, 수요와 공급이 존재하는 세상의 법칙에서 벗어날 수 없기 때문이다. 취업과 먼, 인문학은 점차 사라져가는 것이 현실이다.

나는 공학자이지만, 그 공학의 근간은 인간의 지혜로부터 발현되었다는 사실을 잊지 않는다. 이공계 분야가 강한 우리 대학에서 인문학 강좌를 좀 더 면밀하게 살펴보았다. 그리고 인문학 강좌를 조금이라도 늘려, 경제 발전과 물질적 번영을 위해 국가 교육제도가 과학과 기술 교육을 강조하는 것도 중요하지만, 문학, 예술, 철학, 역사와 같은 교양 교육을 통해서 학습자의 서사적 상상력 및 비판적 사고를 키우는 것도 필요하다고 확신했다.

총장이라 하여 일방적으로 모든 학과를 임의로 개설하고 폐지할 수는 없는 일이었다. 먼저 인문학 관련 교수와 학제를 편성할 교학처와 가능성을 타진하고 인문학 강좌의 필요성을 설명하며 협력을 구했다. 당시 우리 대학 교양학부에서 이수해야 하는 인문학 강좌는 4학점이었다. 적어도 다음 연도부터라도 인문학 강좌를 2학점 정도 늘려, 개설하기로 추진했다.

현재의 학세도 촘촘하게 구성되어 있는데, 2학점을 늘리는 일은 생각보다 어려웠다. 인문학 교수의 초빙문제부터 시작해서, 예산이 필요한 교학처의 동의를 얻어내는 것도 그러했다. 이공학 위주의 우리 대학이 왜 굳이 인문학 관련 2학점 추가가 필요한지의 당위성도 역설해야 했다. 여러 관련 교수와 부처 관련 담당자와 공청회를 열어 안건으로 상정했다. 현재 모든 대학에서 인문학과를 폐지하는 것이 추세인 작금에 난, 거꾸로 가는 정책을 펴고 있었다. 그것이 우리의 학생들에게 꼭 필요한 교육이라고 믿었기 때문이었다.

'IT 사업 분야에서 성공하기 위해서는
인문학을 전공하는 게 유리하다.'

– 구글 전 부사장, 데이먼 호로비츠

인문의 중요성은 세계적인 기업에서도 강조하고 있다.

〈페이스북〉의 고위 임원 교육과정에서 "그리스 신화 중 소포클레스의 비극 '안티고네'를 읽고 기업의 변화 방향을 제시하시오"라는 문제가 출제되기도 했다. 〈페이스북〉 창립자 마크 주커버그는 그리스 로마 신화 고전을 라틴어 원서로 읽을 정도로 인문학에 관심이 컸다. 〈애플〉의 스티브 잡스가 "기술과 인문, 하드웨어와 소프트웨어를 융합시켜야만 미래를 선점할 수 있다."라고 강조한 것처럼 인문학이 과학, 공학 및 기술과 접목되었을 때 미래 사회를 대비하는 데 더 가치를 발할 수 있다.

〈구글〉과 〈애플〉 같은 세계적인 기술 선도 기업들도 "인문적 감성과 창의적 기술의 융합은 기술개발의 방향과 가속, 새로운 사업에 관한 통찰력과 시야의 확장을 보장하는 필수 요소"라는 자각 아래 여러 인사 프로세스에서 이 역량을 선별하고 강화하는 절차를 밟고 있다.

〈4차산업혁명〉 시대에 강조되고 있는 융합 교육이 자랄 수 있는 토양은 인문학이며, 이는 통합적인 사고를 할 수 있는 인재를 만드는 바탕이 된다고 난, 여전히 믿고 있다. 〈4차산업혁명〉 시대에 창의적인 인재가 필요하다는 것은 누구나 인정한다. 나는 그 바탕 위에 반드시 올바른 인격과 품성이 필요하다고 생각한다. 인성을 갖추지 못한 창의성과 지식은 선한 영향력을 발휘할 수 없기 때문이다.

'애들아, 붕어빵처럼 살면 안 돼. 누군가 와서 뒤집어주겠지라는 생각으로 살면 다 타죽어.'

- 교육자 현우진

2022년 봄, 우리 대학은 인문학 강좌가 추가되면서 조그만 인문(人文)의 영역(領域)이 늘어났다. 그곳에 심은 작은 씨앗이 훗날 창의적 열매로 맺히기를 소망했다. 또한, 우리 학생들이 스스로 뒤집는 붕어빵이 되기를, 이 사회에 선한 영향력의 파장을 널리 일으키는 훌륭한 인재로 성장하기를 간절히 기원했다.

3
부

ESG 경영,
선택이 아닌 필수

ESG 경영은 선의(善意)의
소비자 의식 브랜드

내 고향 내수는 내가 어릴 때처럼 청원군이 아닌, 청주시의 청원구가 되었다. 대식구로 통합된 지 십 년이 다 되어가지만, 아직도 맞지 않은 옷을 입은 듯 서로 어색한 부분도 존재한다.

좁은 지역에 사람들이 몰리고, 그들을 수용하기 위해 콘크리트로 세운 현대적인 건물이 많아지면서 도시는 잿빛의 이미지를 갖게 됐다. 그렇게 진행되는 도시화는 효율적이지만, 불편한 점도 적지 않았다. 자연과 담을 쌓고 살게 되는 문제도 있다. 각국의 정부는 그런 이유로 도시에 공원을 만들고 있다. 건강과 복지, 환경 등의 문제를 개선하려는 것이다. 실제로 집 근처에 공원이 있다면 공원의 다양한 혜택을 체감하고 있을 것이다.

과거 영국의 런던은 처칠 수상 시절, 살인적인 스모그로 악명이 높았었다. 그런 런던이 바뀌었다. 최고의 그린 도시로 선정된 것이다. 이는 크고 작은 공원을 꾸준히 조성한 요인이 컸다. 영국 런던은 1인당 도시공원의 면적이 세계 최고 수준으로, 이 방면에서 최고의 도시로 선정되기도 했다.

세계적으로 유명한 도시를 보면, 엄청난 빌딩 숲을 빛나게 하는 주요인은 바로 도심 속에 형성된 대단위 공원이다.

> '바쁜 도시 생활에서 도시공원이 지녀야 할 중요한 가치는 도시 속 자연 생태계 유지와 함께 시민 개개인에게 행복을 추구할 수 있는 공공 공간의 제공이다.'
>
> – 고하정의 〈도시를 탐(探)하다〉 中에서

결국, 인간의 편리성을 도모하는 인공적 부산물과 자연을 함께 더불어 살아가게 하는 것이 주요한 목적이다. 생각해보면 도시와는 다르게 농촌에는 공원이 거의 없다. 주변이 모두 자연이라 딱히 공원이 필요하지 않은 탓이다. 공원은 도시가 성장할수록 함께 성장해야 한다.

누구나 한 번쯤 들어봤을 만한, 전 세계적으로 유명한 공원의 특징은 무엇보다 거대한 숲이 장관을 이룬다.

영화 〈러브스토리〉의 배경으로 유명해진 미국 뉴욕에 자리한 현대 도시공원의 시초 〈센트럴파크〉와 뉴욕의 외곽에 있는 재생 공원의 대표 격인 〈하이라인〉, 파리의 에펠탑이 한눈에 보이는 프랑스의 〈마르스 공원〉, 스페인 바르셀로나의 필수 관광 코스인 〈구엘 공원〉, 독일의 〈바스테이 국립공원〉의 특징은 도심과 숲의 공존이다.

지난 시간이 녹아있는 과거의 시설을 재생한 공원이 각광(脚光) 받는 이유는 인위적으로 조성된 공원과 차별되는 공간 특유의 매력 때문이다. 오래된 시설은 역사적으로 겹겹이 쌓인 시간과 지역 커

뮤니티의 기억을 축적하기 때문이다.

그런 이유로 나는 청원구에 오랜 역사를 간직한 내수의 〈초정〉을 주목한다. 세종대왕이 1444년 봄과 가을 두 차례 찾았던 곳이 〈초정〉이다. 세종대왕은 이곳에 임시 궁궐인 행궁을 짓고 120일 동안 머무르며, 초정에서 나는 물로 눈병을 치료했다. 이른바, 초수(椒水)다. 초정약수는 광천수다. 세계광천학회가 미국 샤스타 광천, 영국의 나포리나스와 함께 세계 3대 광천수로 손꼽았다.

얼마 전, 청주시는 초정에 옛 세종 때 행궁을 복원했다. 초정약수를 매개로 치유·명상 공간을 조성했다. 하지만 청주시가 281억 원을 들여 조성한 초정의 〈치유 마을〉은 여전히 허전하다. 세종대왕이 머문 역사적 가치, 초정약수 등을 활용한 치유·명상 공간을 조성했지만, 활성화되기에는 여전히 요원해 보인다. 초정의 활성화를 위해서라면 먼저 숲을 보아야 한다. 초정을 둘러싸고 있는 거대한 산림을 공원으로 만들어, 그곳에 초정약수와 세종의 행궁 그리고 '운보의 집'과 같은 관광자원을 그 안에 녹여 내야 한다. 근교의 산림과 연결된 〈초정 공원〉 내 숲으로 명품 산책길을 만드는 것이다. 숲이 하드웨어라면, 〈초정약수〉와 〈세종 행궁〉 그리고 〈운보의 집〉은 소프트웨어이기 때문이다. 거대한 숲에서 도시(都市)를 살리는 생명의 숨이 뿜어져 나오는 까닭이다.

과거 모습을 보존하면서 새로운 기능을 추가한 공원은 세계적인 관광명소가 되고 사람을 불러 모은다. 매력적인 공원은 지역사회의 새로운 역량을 강화하고 관광산업 활성화에 긍정적인 영향을 주고받는다.

이처럼 공원은 지역을 유지하고 활성화해나가는 윤활유이자 휴식공간이다. 단순히 외지에서 방문한 사람들에게 관광지 역할을 하기 위한 공원이 아닌, 지역주민이 평상시 즐겨 찾는 일상 속 살아있는 공간으로 활용될 때 공간의 가치가 더 빛나는 법이다.

이제 코로나가 잠잠해지기만 기다렸다는 듯 많은 사람이 여행을 떠나고 있다. 매년 발간되는 〈국민 여행조사〉 보고서에 따르면 여행지를 선택하는 이유는 '볼거리 제공'과 '여행지 지명도'가, 여행지 활동으로는 '자연 풍경 감상'이 1위를 차지한다. 이 모든 것을 품는 최적의 공간은 단연코 공원이다.

우리는 이런 공원에서 커피 한 잔과 함께 산책을 즐기고, 벤치에 앉아 독서도 하며 여유로운 시간을 보낸다. 이러한 활동을 통해 그곳에 거주하는 지역민과 그곳을 방문한 외국인들은 서로 일상적인 삶을 공유할 것이다. 공원은 낯선 사람도 기꺼이 그 지역 사람들의 삶과 문화를 간접적으로나마 체험할 수 있게 해주는 열린 공간이다.

그런 까닭에 청원구의 가치를 발현시키고 자연과 연계된 공원을 조성함으로써, 온 나라가 주목하는 세계적인 청주의 〈초정 공원〉을 나는 꿈꾸어 본다. 도심과 자연이 공존하는 청원구의 미래를 담은 휴식처이며 관광지가 될 특별한 공원이 아닐까.

청원구, ESG 경영을 꿈꾸어

최근에 나는 지역 문화가 담긴 장소와 로컬 관광의 연결을 궁리해 보았다. 무엇보다 청원구에 입주한 기업에 투명한 ESG 경영을 유도(誘導)해야 한다. 그것이 농촌과 도심을 절묘하게 살리는 묘수가 될 것이다. 당장은 손해 같지만, 훗날 ESG 경영을 실천한 기업은 번창할 것이기 때문이다. 기후 위기는 인류의 생존과 직결되는 글로벌적으로 뜨거운 이슈다.

재생에너지 사용은 기후 위기 극복과 연결되며 각국 정부와 기업의 중대한 현안이 됐다. 특히 최근 글로벌 공급망의 최상층에 있는 기업들이 재생에너지 사용과 탄소 감축을 요구하면서, 여기에 속한 국내 기업들의 재생에너지 전력 수급 문제가 주요 이슈로 부상하고 있다.

청원구는 청주시의 4개 구에서 도심과 농촌이 어우러지는 지역이다. 얼핏 보기에는 녹지와 도심의 조화로운 도시로 균형이 잘 맞는 축복의 땅으로 보였을 것이다. 하지만 내면을 들여다보면 각종 오염과 공해 그리고 소음으로 몸살을 앓고 있었다.

오창읍에 입주해 있는 많은 기업은 청주시에 고용의 창출과 함께 청주의 지방세를 풍족하게 해준다. 하지만 그에 대한 대가는 농촌의 심각한 피해로 나타나기도 한다. 애초부터 ESG 경영에 입각한 기업의 입주와 정책을 펼쳤더라면 지금과 같은 피해는 없었을 것이다. ESG 경영의 대표적인 것이 바로 환경(Environmental)이기 때문이다. ESG 경영에서의 환경이란 기업이 경영과정에서 주변 자연환경에 미치는 영향을 의미한다. 기업은 기후 변화 및 탄소 배출, 환경규제, 생태계 및 생물 다양성 등 환경적인 책임을 다하여야 한다.

청원구는 환경적, 지리적 요건이 좋은 지역이다.

세계 굴지의 기업체를 유치하려 해도 가장 먼저 대두되는 중요한 과제는 재생에너지 인프라 구축이다. 경제를 살리려면 기업 유치가 필수적인데, 재생에너지 기반 없는 지역에는 기업들이 투자를 꺼리기 때문이다.

클라이밋 그룹에 따르면 RE100 기업들 사이에서 한국은 재생에너지 공급 부족과 유연하지 못한 전력망, 비싼 재생에너지 전기 요금 등으로 재생에너지의 전력을 구매하기 가장 어려운 나라 중 하나로 꼽혔다. 국내 기업과 국내에 사업장을 보유한 외국기업을 포함한 RE100 기업들은 국내에서 전체 사용 전력의 2%만 재생에너지 전력으로 충당하고 있다. 중국의 32%, 싱가포르의 26%, 일본의 15%에 크게 뒤지는 수준이다.

그런 의미에서 농심의 〈청년 수미〉 프로젝트는 신선했다. 이 프로그램은 2021년에 시작된 농심의 사회적 책임 프로젝트다. 목표는 귀농 청년 농부들을 지원하고 농업활동을 활성화하는 것이다.

프로젝트 〈청년 수미〉는 국산 농산물 구매에서 더 나아가 파종부터 수확, 판매까지 모든 전 과정에 걸쳐 청년 농부를 지원했다. 2021년 청년 농부 1기로 선정된 농부 10명을 대상으로 재정지원 및 수확 관리, 판로 확보, 교육 등을 진행했다. 파종 전 사전 계약으로 선급금을 지급해 안정적인 영농활동을 할 수 있도록 했고, 씨감자 보관 및 관리법 교육, 파종 현장 지원 등을 통해 농업 생산성을 높였다. 농심은 청년 농부들로부터 2021년 230톤, 2022년 130톤의 질 좋은 감자를 구매했고, 이는 수미칩 생산에 사용되고 있다.

2021년 대한상공회의소 조사에 따르면 60%가 넘는 소비자들이

제품 구매 시 ESG 활동을 고려한다고 응답했다고 한다. 이제 ESG 경영은 선택이 아닌 필수 사항이 되었다. 인간과 사회, 기업이 모두 행복할 수 있는 지속 가능한 경영을 기대해 본다.

ESG 경영이 우리나라에 갖춰지기 시작한 것은 2016년부터다. 2018년, 국민연금을 시작으로 도입이 시작되었다. 이는 기관투자자의 영향력 증거를 보여주는 사례다. 외국에서 ESG 경영이 부실한 기업에 대해 기관투자자들은 직접 의결권을 행사하게 된다. 자산 운용사인 〈블랙록〉의 경우 볼보 등의 35개 기업에 의결권을 행사한 적이 있다. 이로 인해 기업에 환경, 사회, 기업 구조적 철학이 중요하게 되었다. 하여, 주요 선진국들의 투자 전문회사나 은행들은 또한 ESG 철학을 자금운영 전략에 접목하게 되었다. 결론적으로 ESG는 기업의 방향성이 어긋나게 될 경우, 투자자들의 의결권으로 인해 통제할 수 있다는 뜻이 된다. 이는 금융위기 방지와 주주 권리 보호를 위해서 꼭 필요한 일이 되고 말았다.

기업의 ESG 관련 주요 쟁점으로는 기후 변화와 인적자원관리, 이사회 구성 및 활동, 부패 방지, 지역사회 참여 및 개발, 공급망 관리가 있다.

이러한 경영철학을 반영한 국내 ESG 경영기업의 우수사례는 좋은 반향을 불러왔다. SK그룹은 국내 최초 RE100에 가입, 온실가스 배출권 거래제 대상업체 중 유일하게 조기 감축 실적을 인정받아, 성과급 수령, 태양광/풍력발전사업 추진, 베트남 맹그로브 숲 복원 프로젝트 진행, 중국 장쑤성 그룹 연수원 용지 내 태양광 발전설비 건설로 결실을 보고 있다.

삼성전자는 반도체업계 최초로 CDP 명예의 전당 2년 연속 입성, 미국 포브스지 '세계 최고 고용주' 부문 10위를 기록했다. 현대자동차는 수소 전기차 넥쏘를 출시하고 전기차 아이오닉5를 출시했다. 무엇보다 도심 항공 모빌리티 시장 진출을 선언하여 자동차 제조과정에서 폐기물 발생 최소화를 위해 부품 경량화 기술개발에 주력하고 있으며, 2025년까지 28종 이상의 친환경 차량 라인 구축 계획을 추진하고 있다.

분명한 것은 ESG 경영은 선택이 아니라, 의무가 되어야 한다는 것이다. 향후, 모든 기업에 ESG 경영을 법제화한다면 환경과 노사문제, 기업과 사회와의 상생(相生) 등 선순환의 좋은 환경이 구축될 것이 자명하다. 사실 이런 경영철학이 세계적 대세가 된 지도 오래다. 스타트업이나 작은 기업에서도 배우고 벤치마킹해야 할 내용인 것은 분명하다.

소비자의 지갑을 열어

"ESG 경영이 좋은 것은 알지만, 그것을 위해서는 많은 자원과 시간, 노력이 필요합니다. 폐기물 처리 시설도 만들어야 하고 단가가 높은 재생에너지를 사용하거나 더 많은 인원을 고용해야 합니다. 저희는 감당할 수 없어요. 현실과 이상은 엄연히 다르거든요."

한 기업가가 나의 ESG 강의를 듣고 난 뒤, 한 말이다. 얼핏 틀린 말이 아니다. 문제는 세상의 소비구조가 변하고 있는 점이다. 즉 소비의 의식이 바뀌고 있다는 점이다. 이 부분을 등한시하며 앞으로 기업을 운영한다면 더 큰 난관에 봉착할지도 모를 일이다.

2021년 대한상공회의소 조사에 따르면 〈가치 소비〉를 위해 가격을 더 지불(支拂)할 용의가 있다는 응답은 68%에 달했다. 이제는 ESG 경영이 소비자의 지갑을 열게 하는 것이다.

삼성전자가 TV를 생산할 때, 각각의 부품은 중소기업에 하청(下廳)을 주는 경우가 많다. 그런데 삼성전자에 TV패널을 납품하는 중소기업이 삼성전자의 TV에 사용하는 똑같은 패널을 다른 중소업체에 납품하는 경우가 발생할 수도 있을 것이다.

아무리 같은 패널이라고 하더라도, TV를 전시한 매장에서 소비자에게 '이 패널은 삼성전자의 패널과 같은 제품입니다.'라고 소개한다면 과연 소비자가 그 제품을 신뢰하고 같은 가격에 구매할 수 있을까? 아마도 구매로 이어지기는 힘들 것이다. 그것은 바로 브랜드의 신뢰도 때문이다.

ESG 기업의 제품은 바로 소비자의 높은 〈사회적 책임 의식 브랜드〉라고 할 수 있겠다. 즉 '선의(善意)의 소비자 의식 브랜드'라고 생각한다. 선의의 기업이 생산하는 제품을 소비자는 더 신뢰하는 것이다. 소비자들의 '사회적 가치'에 대한 관심이 증가하면서 노동자들의 권리도 함께 보호되는 것이다. 바꿔말하면 소비자는 곧 노동자인 만큼, 좋은 선순환(善循環)을 이루게 되는 것이다.　　　ㆍ

ESG는 개별국가와 산업 차원을 넘어 생존을 위해 거스를 수 없는 필수 조건으로 인식되고 있다. 현재까지 직접적인 타격은 미미하지만, ESG를 외면하는 기업은 미래의 생존이 어렵다는 것이 정설로 여겨지고 있다. 따라서 많은 기업이 ESG 경영에 큰 관심을 기울이기 시작했다. ESG 경영의 실천 정도가 기준이 되어 투자자나 고객이 좋은 기업인지를 판단하기 때문이다. ESG가 외부 투자, 주가 등 기업 평가에 직접적인 영향을 미치는 새로운 패러다임으로 자리 잡은 가운데, 국내 기업들도 ESG 경영에 박차를 가하고 있다.

4
부

평생 농부(農夫)이자,
교수 김제홍

2001년 들녘에서 한 해를 보냈다.

아버지는 그해 암 말기 판정을 받으셨지만, 의연하셨다. 의사로부터 절대 농사를 지으면 안 된다는 경고를 받았지만, 아버지는 손에서 일을 놓지 않으셨다. 아버지는 머리부터 발끝까지 농부셨다.

대학에서 학생들을 가르치던 나는, 주말이면 어김없이 아버지의 농사일을 도우러 시골로 내려갔다. 농사는 내게 어느 정도 익숙한 일이었다. 아버지를 돕는 보조 농사꾼이었지만, 초등학교 입학하기 전부터 소를 끌고 나가 꼴을 먹였고, 작은 땔감을 지고 집으로 돌아왔으니 농사꾼의 이력으로 치면 평생 농부였던 셈이다. 교수가 된 지금까지도 아버지의 농사일을 보고 배워왔다. 농사는 내 삶의 한 부분이었다.

어린 시절, 남들은 한창 뛰어놀 때, 난 농사일을 도와야 했다. 그래서 이웃집 TV에서 당시 또래 아이들이 좋아하던 프로그램인 '타잔'과 박치기 명수였던 김일이 나오는 레슬링을 방영할 때도

나는 농사일을 거들어야 했다. 그땐 어린 마음에 참 서운했던 기억이 난다.

비가 많이 내려 마을 앞 여울목이 불어나면, 아버지가 나를 등에 업고 건네주셔서 안전하게 학교에 갈 수 있었다. 그때의 아버지 등은 세상에서 가장 안전한 장소였다. 든든한 아버지의 목덜미에서는 흙냄새와 땀내가 어우러진 체취가 풍겼다. 지금 생각하니 그것은 건실하게 흙을 일구며 살아가는 진정한 농부의 향기였다.

농부라는 직업을 소명처럼 여겼던 아버지는 들녘으로 나가면서 입버릇처럼 말씀하셨다.

"땅을 파면 먹을 게 나오는 법이여."

그해 농사는 순조로웠지만, 병환이 점점 깊어지면서도 아버지는 당신 몸보다 내년 농사 걱정만 하셨다.

"자식들도 벼처럼 키워야 해. 벼의 알갱이가 튼실해지려면 물 조절을 잘해야 하는 법이다. 물을 너무 많이 주면 벼는 뿌리를 잘 내리지 않지. 물이 부족해야 땅속의 물을 찾아 뿌리를 깊게 박거든. 제 자식 귀하다고 무조건 풍족하게 해주면, 단단하게 자라지 못하는 법이여. 부족한 듯 키워야 건실하게 성장하는 법이여."

아버지는 온전히 땅에서 삶의 지혜를 배우시고, 자식에게 전해 주셨다. 벼의 알갱이가 튼실해지도록 하기 위해서는 벼의 성장 시기에 〈물떼기〉를 잘해주어야 한다. 보통의 농부는 벼가 한창 성장할 시기에 벼가 잘 자라도록 물을 충분히 제공해준다. 하지만 진짜 농사를 잘 짓는 농부는 물의 양을 적절히 조절해 준다. 이것이 저 (低)탄소 농법인 것이다.

물이 너무 많으면 벼는 뿌리를 깊이 내리지 않는다. 오히려 물이 약간 부족할 정도로 물을 대주어야 뿌리를 깊게 박는다. 약간의 갈증이 있어야 벼는 물을 찾아 뿌리를 성장시키는 것이다. 이른바 〈물떼기〉 작업이다. 물꼬를 열어 〈물떼기〉를 해야 한다. 벼의 생육이 적당한 시기에 약 10여 일 동안 〈물떼기〉를 하면 논바닥에 물이 빠져 실금이 생기고 발자국이 날 정도로 마른다. 이 방법은 모를 이양한 후, 30여 일 지난 후가 적당하다.

논에 있는 물을 빼내고 논바닥에 공기를 직접 닿게 하는 것이다. 흙 안에 있는 환원물질은 공기 중에 빠지고, 신선한 공기는 논의 흙으로 스며들게 되는 것이다. 이는 창문을 열고 환기하듯 흙에 산소를 넣어주는 것이다.

아버지는 그해를 넘기지 못하시고 첫눈이 내리기 전, 돌아가셨다.

농사를 다시, 시작하다

2002년, 봄이 찾아왔다.

농사를 어떻게 시작해야 할지 난감했다. 아버지가 짓던 농사를
온전히 혼자 감당해야 하니 막막했다. 농사일을 몰라서가 아니라,
아버지가 평생 일군 농사에 대한 생각이 많아졌다. 아버지가 농사
를 지으실 때는 농사일이 별것 아니라는 생각을 한 적이 있었다.
어려서부터 보아왔고, 자라면서 꾸준히 농사일을 도왔기에 그렇게
생각했었다. 그런데 막상 아버지가 남겨주신 땅을 바라보면서 아
무것도 모르는 초보 농사꾼처럼 한 발자국도 움직이지 못하고 너
른 들녘만 바라보고 있었다.

겨울 방학 내내, 군사작전을 수행하듯이 농업기술교육을 이수하
고, 주변 친척 어른과 이장님께 조언을 받아가며 한해 농사를 궁리
하고 계획을 세웠다. 그동안 경험으로만 농사를 지어온 시골 어른
들과의 소통은 참 어려운 문제였다. 농서를 통해 새롭게 배운 농법

을 제시하면, 고개를 흔들며 자신만의 고집을 꺾지 않았다.

　농사라는 것이 절기마다 심고 거둬야 할 작물이 달라서 한 가지가 끝나면 다른 것을 이어 심어야 한다. 일주일에 금요일까지는 학교 강의에 매달렸고, 수업이 종결되는 순간 강릉에서 내수로 달려와야 했다. 다른 농부들이 일주일 내내 하는 농사일을 학교수업과 병행하다 보니, 단 2~3일 만에 해결해야 했다.

　첫해 농사는 시행착오의 연속이었다.

　먼저 심은 것도 제대로 못 챙기다 보니 밭이 금세 엉망이 되었다. 풀은 무섭게 자라 작물을 다 가렸다. 날이 가물면 물 주기가 고역이고, 장마가 길면 작물이 녹아버리거나 썩었다. 오이도, 가지도, 옥수수도 제때 수확하지 않으면 덜 여물거나 너무 자라서 먹을 수 없었다. 땅콩은 두더지가 파먹고 첫 옥수수는 까치들이 차지해 버렸다. 밭에 기운차게 난 콩의 싹은 고라니가 말끔히 뜯어 먹었다. 잎을 파먹고 새순을 뜯어 먹고 뿌리를 갉아 먹는 벌레들도 셀 수 없이 많았다.

　농사는 모두 알다시피 날씨의 영향이 절대적이다. 비가 많이 내리면 물을 풍족하게 대줘야 하는 모내기 철에는 이처럼 반가울 수가 없다. 모내기 이후 벼가 뿌리를 내리는 활착기인 경우, 무엇보다 물을 깊이 대줘야 제초용 우렁이가 자기 역할을 다하게 된다. 바닥에서 올라오는 잡초가 물속에 충분히 잠겨야 우렁이의 양식으로 활용될 수 있기 때문이다. 반면 비가 내리지 않으면 물이 모자라 이웃 주민과 물꼬로 인해 신경전을 벌여야 하는 난감한 일도 발생한다.

　오죽하면 '농부는 자식 입에 밥 들어가는 것과 마른 논에 물들어 가는 것이 가장 행복하다.'라고 할까. 그만큼 가뭄으로 인해 누렇게 타들어 가는 벼를 보면 농부는 애가 탄다.

　기존 농법으로는 돌파구가 보이지 않았다. 자연을 거스르지 않는 농법, 유기농과 환경을 살리는 ESG 농업경영의 필요성을 절실하게 느꼈다.

　기존의 농사방식은 트랙터로 땅을 갈아엎고 퇴비와 농약을 사용하는 관행농법이 주를 이룬다. 아버지가 그랬고, 농부들은 대물림처럼 그렇게 농사를 지어왔다. 특히 100% 기계화된 벼농사는 2~3t 무게의 트랙터 사용을 반복하다 보면 작물이 크는 작토층을 제외하고 그 아래는 돌덩이처럼 단단하게 굳게 된다. 결국, 땅 깊숙이 뿌리가 뻗어 나갈 수도 없고, 작은 미생물도 살 수 없다. 그렇게 척박해진 땅에 농사를 짓기 위해서는 매년 복토(覆土)와 화학비료에 의존할 수밖에 없게 된다. 매해 그렇게 부작용이 끊임없이 반복되고 있는 셈이다. 그런데 저탄소 재배기술농업은 땅을 건드리지 않고 최대한 자연 그대로 미생물을 되살려 힘을 길러낸 땅에서 농사를 짓자는 것이다.

농사 첫해의 실패를 경험으로 이듬해 과감하게 저탄소 재배기술농법으로 농사를 짓기 시작했다.

ESG 농업경영, 땅을 살려내

이듬해 다시 농사를 시작했다.

지난해의 경험을 살려, 2003년에는 1만 2천 평의 논에 남아있는 벼 그루터기를 부숙(腐熟) 시키려고 락토균 배양액을 뿌렸다. 풀이 어느 정도 자랐을 때, 트랙터로 한번 갈아엎은 후, 5월 25일경 모내기 직전에 트랙터로 경운 작업과 정지(整地)작업을 했다. 경운(耕耘) 작업 횟수를 최대한 줄여 토양 속에 저장된 탄소 및 메탄 배출을 최소화하면서 모내기를 했다.

논에 투입된 볏짚과 같은 유기물들은 분해과정에서 메탄과 같은 온실가스를 발생시킨다. 이럴 때, 온실가스 발생량을 줄이기 위해 수시로 〈물 걸러대기〉를 하면서 물을 가두는 시간을 줄였다. 물을 가두는 시간을 아껴 벼를 친환경 저탄소기술로 재배한 것이다.

농작물은 광합성을 통해 땅속에 탄소를 저장하는데 논밭을 갈아엎으면 유기물이 빠르게 분해되면서 탄소를 다시 배출하게 된다. 무(無) 경운은 이를 방지할 수 있다. 또 농작물 잔재를 퇴비로 이용하는 것도 잔재에 남아있는 탄소를 토양에 흡수시킬 수 있어 탄소를 줄일 수 있는 방식으로 꼽힌다. 또한, 농기계에서 발생하는 소음과 진동, 마찰열은 미생물 개체의 수를 줄이고, 생태계를 훼손시키는 부작용이 컸다. 저탄소 재배기술농법은 온전한 환경에서 거름기를 흡수하고 내변성을 강하게 하는 효과가 있다고 확신했다.

벼농사는 기후 위기 대응작물의 선두주자다. 벼는 아마존 밀림의 2배에 달하는 단위면적당 이산화탄소 흡수량과 1.9배의 산소배출량이 있는 것으로 조사됐다. 밀·보리 등 주요 9대 곡물 전체 대비 이산화탄소 흡수량 6.2배, 산소배출량 6.4배에 달하는 것으로 나타났다. 특히 밀의 3배에 달하는 높은 태양에너지 이용률에 따른 낮은 토양 유기물 의존도 역시 벼농사가 기후 위기에 강한 대응력을 갖고 있다는 것을 입증한다.

온도가 급격히 올라가는 7월에는 물꼬를 열어 놓아 논바닥에 실금이 가도록 논바닥을 말렸다. 7월 25일경, 화학비료를 줄이고 이삭거름을 적정량 땅에 뿌려 생육단계별 〈물 걸러대기〉를 조심스럽게 하면서, 논에 물 가두는 시간을 최소화하고자 노력했다.

뜨거운 여름을 이겨 내고 들판의 벼가 노랗게 변해갈 무렵, 우리 벼는 건강하게 자라고 있었다. 전혀 도복이 없었고 꼿꼿하여 병해충 방제를 하지 않았어도 유려한 황금빛을 자랑하며 들녘을 아름답게 수놓고 있었다.

흙은 환경을 보전하는 정화(淨化) 능력을 보유하고 있다. 풍수해를 막고, 산소를 생산하며 유해 가스를 흡수하여 공기를 맑게 한

다. 기온과 습도를 조절하고, 세상 모든 물질을 품어 썩게 하여 그 힘으로 새로운 생명과 에너지가 생겨나게 한다. 그러니 흙은 사람과 자연 생태계의 균형을 잡아주는 주춧돌이기도 하다.

건강한 흙은 눈에 보이지 않는 여러 생명이 함께 사는 터전이 된다. 그렇게 어우러진 전체 속에서 식물이 싹을 틔우고 열매를 맺게 된다. 흙이 병들면 그 흙에 뿌리내리고 사는 모든 생명도 병들고 끝내 죽음을 맞이하게 되는 것이다.

저탄소 재배기술농법은 농사의 근본인 땅을 살리고, 노동력의 절감과 비용을 줄일 수 있다. 적은 비용, 높은 생산성, 그리고 건강한 먹거리와 탄소 배출 저감까지 전 지구적으로 나서야 할 농법이다.

실제 많은 농부가 이런 저탄소 재배기술농법에 뛰어들지 못하는 가장 큰 이유도 품질과 수확량일 것이다. 생업이 달린 일이라 소득으로 이어지지 못하면 낭패를 보기 때문이다.

이러한 저탄소 벼재배기술은 물 대는 노동력 절감효과를 주었고 벼의 작황을 더 좋게 해주었다. 아울러 증수 효과도 기대 이상이었다. 이러한 저탄소 농업경영이 마침내 결실을 보게 된 것이다. 이는 탄소 중립의 실현이고 미래의 지속 가능한 농업경영을 위한 ESG의 실천이라고 자부할 수 있었다.

꿀벌의 실종이 주는 교훈

여름 장마는 길고 지루했다. 그동안 논바닥 말리기를 끝낸 후, 벼 이삭에 거름을 주었다. 논에 물 대기 작업을 하러 갔다가 논둑에 피어있는 꼬리조팝나무의 꽃이 눈에 들어왔다.

꽃 주변에는 당연히 벌들이 윙윙거릴 것이라고 상상했는데, 이상하게 올해는 그렇지 않았다. 벌들이 보이지 않았다. 인간은 상황에 따라 변하기도 하지만, 자연은 계절의 섭리를 거스르지 않는다. 자연은 봄, 여름, 가을, 겨울 제철에 맞게 순응하며 자신의 색깔을 고스란히 유지한다.

꿀벌은 예상치 못한 기후 변화에 죽음을 맞이한 것이다. 꿀벌은 온도 변화에 매우 민감한 변온동물이다.

지난겨울, 기온이 갑자기 올라간 날씨에 봄인 줄 착각한 벌들이 화분을 모으려고 밖으로 나왔다가 겨울의 추위를 견디지 못하고 죽었을 것이다. 그나마 겨울에 겨우 살아남았던 벌들은 기력이 약해졌다. 연이어 이른 시기에 개화한 꽃으로 인해 다시 화분채집 등의 외부활동을 재개하면서 체력이 극심하게 소진되었다. 이미 쇠약해진 꿀벌들은 다시 익숙하지 못한 외부 기온으로 인해 벌통으로 돌아오지 못하고 폐사하는 현상이 발생한 것이다. 꽃의 종류에 따라 1~2개월에 걸쳐 차례대로 개화하던 꽃이 한반도의 이상기온으로 거의 동시에 한꺼번에 피었다가 져버려, 꿀벌의 활동 시기가 짧아진 것이 원인으로 꼽힌다. 실제 올봄 매화와 벚꽃, 배꽃이 한꺼번에 피어 상춘객들도 얼떨떨한 봄을 보냈다. 최근에는 벌의 밀원식물이 되는 아카시아꽃과 잡꽃, 밤꽃이 동시에 개화하고 있다.

정확하게 표현하면, 꿀벌은 실종된 것이 아니라 집단으로 죽임을 당하거나 죽음을 맞이한 것이다. 더구나 실종이라고 하니 그것에 대한 대처도 다분히 인간 중심적이고 상업적인 방식으로 제시된다. 그러나 지금 필요한 것은 꿀벌이 사라져도 우리는 끄떡없다는 생각이 아니라 기후 위기에 빠르게 대응하는 실질적인 대책이다.

2022년, 재직 중이었던 대학에서 ESG 특강을 마치고 대관령 옛길의 시작점인 강릉시 성산면 어흘리 부근을 오랜만에 산책하니 감회가 새로웠다. 그간 여유 없이 너무 바쁘게 살아온 것에 대한 아쉬운 생각도 들었다. 단풍이 아름답고 한적한 대관령 길을 걸으며 마음의 평안함을 느꼈다. 산책 중 장미가 무척 아름답게 피어있는 모습에 눈길이 절로 가면서, 잠시 기후 변화를 생각하게 되었다. 아름다운 장미를 볼 수 있어 좋았지만, 제철이 아닌 늦가을에 핀 장미라 마냥 좋아할 수는 없었다.

2022년은 전 세계적으로 기후 변화로 인한 대홍수, 극심한 가뭄, 대형산불 등의 자연재해가 수없이 발생하였다.

파키스탄은 성서에 나올 만한 재앙에 가까운 대홍수로 국토의 3분의 1이 물에 잠긴 것으로 발표되었다. 파키스탄에는 지난 6월 중순부터 내린 몬순 폭우로 대략 1천 명 이상이 사망했고 3천 300만 명의 이재민이 발생했다.

폭염(暴炎)과 극심한 가뭄에 시달리던 중국 쓰촨성은 폭우가 내려 수천 명의 이재민이 발생했다. 이러한 연유에서 지구의 지속 가능한 발전과 기후 변화에 대한 대응으로 철저한 탄소 중립 및 ESG 실천이 필요한 것이다.

5
부

교육, 나라의 미래를 책임져

손가락을 보지 말고 달을 보라

2010년 6월, 유럽 전력전자학회(EPE) 학술발표를 위해 영국 런던 외곽에 있는 옥스퍼드대학교를 방문할 기회가 있었다. 세계에서 두 번째로 오래된 대학인 옥스퍼드대학교는 39개의 대학과 6개의 상설사설학당(PPH)으로 구성된 대학연합체다. 우리의 상식과는 별개로 옥스퍼드대학교는 메인 캠퍼스가 없다. 도시 전체가 그대로 대학의 구성체로 되어 있기 때문이다. 대학과 학과, 숙박 시설 및 기타 시설이 도심 곳곳에 흩어져 있었다. 당시 영국에서 태어나서 자란 교포 여학생과 이야기를 나누게 되었다. 그녀는 옥스퍼드에서 지리학을 공부하고 있었다.

"한국의 학생이 옥스퍼드에 유학 오는 경우가 드물죠. 한국 유학생이 다 그런 것은 아니지만, 머리에 든 지식은 많은데 단편적일 때가 있어요. 깊이가 없는 학생은 대화를 해보면 금방 알거든요. 그냥 외운 것인지 제출한 리포트는 우수하지만, 막상 면접을 보면

한계가 있다고 해요. 옥스퍼드대학에 입학하려면 면접을 봐아 하는데 지원학과 교수와 3시간 넘게 대화를 나눠요. 인터뷰를 통해 응시생의 생각과 지식의 깊이를 들여다봐요. 단순하게 지식을 아는 것과 이해하고 자유로운 생각을 담는 것의 차이가 크거든요."

교포 학생의 말을 듣고, 우리나라 교육 현실의 단면(單面)이라고 여겨 충격이 컸다. 뭔가 잘못됐다는 생각이 들었다. 교육은 그 나라의 미래를 이끄는 에너지다. 우리나라가 세계적으로 이렇게 급속하게 선진국 대열에 들어선 배경에는 부모의 엄청난 교육 열기가 한몫했다. 우리나라 사람의 교육열은 세계에서 가히 최고가 아니었던가.

돌이켜보면 난, 대학에서 전기공학을 공부하고 대학의 교수가 되었지만, 어릴 때부터 원래의 꿈이 교수였으며 '전기'란 분야에 얼마만큼 관심이 있었는지 반문해보지 않을 수가 없었다. 그저 고등학교의 성적에 맞춰 대학과 학과를 선택하게 되었고, 열심히 공부하다 보니 전기공학 교수가 되어 있었다.

대학교에서 학생들을 가르치면서 때론 '과연 이 학생들은 지금의 선택(학과)이 자발적인 의지였을까?' 하는 생각을 하곤 했었다. 사람이 어떤 꿈을 갖고 그것을 이루려고 노력할 때는 분명한 동기부여가 있어야 한다. 여기에는 근본적인 자발적 학습이 전제되어야 한다. 좋아서 하는 학습이 자발적 학습이다. 학교에 다니는 아이들은 늘 학습을 하고 있다. 보통의 부모들이 자발적 학습이라고 했을 때, 그 말은 '학교의 교육과정 즉, 교과목에 관한 공부를 안 시켜도 하는 것'을 가리키는 것으로 이해한다.

만 4~5세 정도의 아이들은 언어적으로 거의 모두 자발적 학습을 하고 있는 셈이다. 주변의 어른들이 언어 학습에 도움이 되는 다양한 자극을 주고, 또 아이의 말에 적극적으로 반응을 하지만, 못한다고 닦달하지는 않는다. 모든 동물이 그렇듯, 본능적으로 스스로 익히는 과정이기 때문이다. 그러니 자발성을 해치지 않는다. 언어 학습 말고 친구를 사귀는 사회적 학습, 몸을 움직이는 신체 활용 기술 등도 자기 주도적으로 학습한다.

문제는 만 5세 이후에 심각해진다. 가르치는 교사와 배워야 하는 학생으로 구별되는 시점이다. 놀이가 아니라, 어른으로부터 배워야 하는 아이들은 재미없어한다. 가르치는 이가 아이의 눈높이에서 이끌어주지 않으면 자신감과 흥미가 떨어지게 되는 것이다. 우리는 여기서 아이의 "재미가 없어."라는 말에 주목해야 한다. 논다는 것의 근본은 바로 '재미'에 있다. 그런데 재미가 없는 학습(學習)의 시작이 문제가 되는 것이다. 그것이 바로 '앎'에 대한 자발성이 떨어진 상황이 되는 것이다.

많은 이들이 교육(教育)과 학습을 같은 방식으로 이해한다. 교육은 포괄적 의미다. 학습은 교육이라는 커다란 세상에 하나의 영역일 뿐이다.

우리나라의 교육, 즉 5세 이후의 교육과정을 어떻게 창의적 학습으로 바꿀 수 있을까. 대학입시가 목표가 되는 교육이 아니라, 자신의 행복한 삶을 위한 참교육의 방법을 고민해 본다.

지금, 창의적인 교육이 필요한 시점

'부모들은 아이가 태어나면 천재가 되라고 〈아인슈타인우유〉를 먹이다가, 아이가 초등학교 6학년쯤 되면 서울대학교에 들어가라고 〈서울우유〉로 바꿔 먹인다. 중3이 되면 서울대를 포기하고, 연세대학교를 보내려고 〈연세우유〉를 먹이다가, 고등학생이 되면 서울에 있는 대학만 가면 된다고 〈건국우유〉를 주문하게 되고, 고3이 되면 이제 주제 파악을 하고 저 멀리 있는 4년제 지방대학이라도 가면 다행이라고 여겨 〈저지방 우유〉를 먹인다.'

한때 우스갯소리로 떠돌던 이야기다.

우리나라 사람들의 마음속에 자리 잡은 서울대학교는 '인생 성공'과 다름 아닐 것이다. 그리고 누구에게나 최고의 대학을 묻는다면 '서울대학교'라고 대답할 것이다. 사람들은 대학의 서열을 정하듯, 아이에게도 서열을 정한다. 대학을 졸업하기도 전에 학생들은 줄 세우기 교육에 상처를 입고 희생양이 되어 버린다.

프랑스 파리의 플로렐(Florelle) 어린이도서관에서 아이의 손을 잡고 책을 고르는 엄마에게 이런 질문을 한 적이 있었다.

"아이가 어떤 사람으로 성장하기를 희망하시나요?"

고개를 갸웃거리던 엄마는 망설이지 않고 말했다.

"아이가 행복한 사람이 되었으면 좋겠어요."

꿈이 단순하게 '행복한 사람'이라는 것이 그저 의례적인 겉치레의 말로 들리지 않았다. 위와 같은 프랑스 엄마의 생각에 대학은 아이가 필요하다면 가야 하는 학교로 통한다. 우리나라처럼 성공으로 가는 관문(대학)이라고 생각하지도 않고, 그렇기에 프랑스의 대학(관문)에는 대단한 서열이 존재하지 않는다.

> '맞지 않은 공부를 하는 것은 학생과 학교, 모두에게 도움
> 이 되지 않는다. 학생들 스스로 길을 찾도록 돕는 것이 교
> 육의 역할이다. 이 믿음은 프랑스 사회에 깊이 스며 있다.'
>
> — 최민아의 〈앞서지 않아도 행복한 아이들〉 中에서

프랑스 학교에는 없는 것이 다섯 가지가 있다. 먼저 교과서가 없고, 입학식과 졸업식, 자신의 번호, 운동장, 교무실이 없다. 우리나라의 교육 현실과 비교해보면 파격적이라고도 볼 수 있다.

프랑스의 초등학교에는 교과서가 없기에 담임선생님은 저마다 1년 치의 수업계획을 촘촘히 세운다. 따라서 선생님에 따라서 한 학년 동안의 수업이 다양하게 짜인다. 물론 매 학년 별로 달성해야 하는 교육 목표는 공통으로 분명하게 존재한다.

초등학교에 들어가는 날, 아이들의 입학식이 따로 없다. 처음 등

교하는 날부터 아이들은 먼저 숙제를 받아온다. 만약 '양서류에 대해 알아보기'라는 과제를 내주면 아이들은 먼저 학교 근처 어린이 도서관에서 '양서류'에 관한 여러 책과 자료를 찾아 스스로 공부한다. 도서뿐 아니라 컴퓨터를 활용하여 선생님이 내준 숙제를 하기도 한다. 부모는 오후가 되면, 아이들을 데리러 도서관으로 간다. 프랑스 파리에서는 오후 4시가 되면, 학부모들이 〈어린이도서관〉 입구에 모여있는 풍경을 쉽게 볼 수 있다. 그리고 집으로 돌아간 아이들은 그저 신나게 논다.

다음날, 학교에 가면 자신이 공부해 온 내용을 발표하고 아이들과 활발하게 토론한다. 우리나라처럼 일방적으로 선생님이 교과서를 들고 지식을 전달하는 방식과는 근본적으로 차이가 난다.

어려서부터 스스로 공부하고 토론하며 자연스럽게 지식을 익혀 가는 것이 프랑스의 교육이다. 그런 까닭에 프랑스에서는 선행학습이 없다.

킬러(killer) 문항의 폐단

과거 대학은 흔히 상아탑으로 상징되었다.

상아탑은 코끼리의 위쪽 어금니인 상아로 이루어진 탑(塔)이라는 뜻이다. 이는 속세를 떠나 조용히 예술을 사랑하는 태도를 나타내는 말이었다. 진실을 추구하는 대학이라는 의미다. 그런데 애초의 의미와는 다르게 대학의 이미지는 많이 퇴색되었다. 한때는 '우골탑(牛骨塔)'이라고도 불린 적이 있었다. 소의 뼈로 쌓은 탑이란 의미다. 농경이 산업의 중심이던 시절, 자식이 대학을 졸업할 때까지 논밭 팔고, 소까지 팔아야 하는 학부모들의 고충이 담긴 말이었다. 그런데 요즘도 학부모의 처지는 크게 다르지 않다. 자녀를 좋은 대학에 보내기 위한 사교육비는 나날이 늘어나 한숨이 커져만 가는 것이 변치 않는 학부모의 현실이다.

입시학원들의 한 달 수강료가 300만 원에 달한다고 하니 보통 셀러리맨의 월급으로는 감당하기 힘들 정도다. 월급의 절반 이상을 자녀의 학원비로 사용해야만 한다. 그런 이유로 사교육 시장은 불경기를 모르는 산업이 되었다.

여기에 '킬러(killer) 문항'까지 등장했다. 이름이 주는 의미조차 섬뜩하다. 상대방을 떨어뜨려야 내가 올라가는 입시의 현실과 닮았다. 킬러(killer) 문항은 정상적인 공교육 과정으로는 풀기가 어려워 사교육의 장인 사설 학원에서 강의를 들어야 풀 수 있는 문제다. 수능 과목당 1~2개씩 출제된다고 하니 고득점을 원하는 수험생은 킬러 문항에 대비하지 않을 수 없는 노릇이다. 그래서 교과과정 위주의 학교보다 사설 학원들을 기웃거릴 수밖에 없다. 수능에 킬러 문항이 자주, 많이 출제될수록 학원가는 쉽게 호황을 누린다.

프랑스에는 제일 좋은 대학은 존재하지 않는다. 프랑스의 대학은 대학의 서열화가 아닌, 각기 서로 다른 교육프로그램과 학과를 운영하기 때문이다.

'우리나라는 교육열(教育熱)이 높은 것이 아니라,
입시열(入試熱)이 높을 뿐이다.'

-교육학자 박원일

우리나라에서는 학교에서 수업시간에 잠만 자도, 시험 점수가 나오지 않아도 졸업에는 아무런 지장을 주지 않는다. 프랑스의 교육은 자유롭지만, 초등학교 단계부터 시험을 통해 일정한 수준의 점수가 나오지 않으면 유급을 시킨다. 그리고 유급은 흔한 일이라고 한다. 또한 유급은 자연스러운 일이다. 부끄러워하거나 주변에서 이상한 시선으로 바라보지도 않을 만큼 일상화되어 있다. 프랑스 교육은 기본적으로 아이들이 단계별 적정 수준의 지식을 습득하는 것을 목표로 하기에 졸업장은 일정 수준에 도달했다고 증명될 때만 받을 수 있다.

프랑스에는 고등학교 졸업 자격시험이 있다. 이른바 '바칼로레아'다. 이를 통과하지 못하면 고등학교 3년 내내 개근해도 교육과정을 마쳤다는 게 인정되지 않는다. 다만 '바칼로레아'를 통과하면 프랑스 어느 대학이든, 입학할 수 있다.

바칼로레아는 대학 진학을 위한 일반 보통의 자격시험일 뿐, 기술 바칼로레아, 직업 바칼로레아도 있다. 학업이 맞지 않는 학생들은 기술학교나 직업학교로 가도록 유도한다. 적성과 무관하게 일단 대학을 성적에 맞춰 가는 우리나라의 교육제도와는 근본적인 의식 차이가 존재한다.

우리나라에서 가장 인기 높은 대학은 단연, 의과대학이다. 의대를 가려는 이유가 사람을 살리는 고귀한 일을 하고 싶어서라면 얼마나 좋을까. 그것이 아니라는 것은 누구나 안다. 성공이 잣대가 되는 삶은 건강하지 못하다. 그러다 보면 평균적인 직업의식도 소멸(消滅)되고 만다.

그렇다고 우리나라와 비교해서 프랑스는 마냥 자유롭고, 평등의 가치만을 강조하지는 않는다. 전문가가 되기 위해선 밤낮으로 치열하게, 대한민국 우리나라 고3 수험생보다 더 열성적으로 경쟁한다. 어느 학과든 입학은 쉽지만, 한 학년 오를 때마다 자격시험은 무척 까다롭다. 입학은 어려워도 졸업은 쉬운 우리나라 대학과 정반대로, 프랑스대학은 입학은 쉬워도 졸업이 어렵다. 모두에게 균등한 교육의 기회를 제공하되, 그만큼 책임을 요구하는 것이다.

주지하다시피 공자는 '15세'를 지학(志學)이라 하여 배움에 뜻을 두는 나이라 하였다. 지금의 학제를 보면 중학교 2학년 정도의 나이다. 그런데 작금의 현실을 보면 그 또래의 학생들이 진정 배움에 뜻을 둔다기보다는, 부모의 성화에 못 이겨 명문대를 목표로 오로지 성적을 내기 위해 학교공부를 마치고도 사설 학원가를 밤늦게까지 녹초가 되도록 떠도는 것이 현실 아닌가. 진정 순수한 배움의 기쁨을 알게 하며, 공부를 자연스레 즐기도록 한다면 말 그대로 평생학습의 장이 실현되는 것이다.

따라서 대학입시를 개혁해야 하는 부분 중 하나는 지금의 〈입학정원제〉서 〈졸업정원제〉로 개편하는 것이 옳다. 그렇게 하면, 함부로 대학을 가기보다는 정말 자신의 특성에 맞는 대학을 선택할 수밖에 없다. 모든 학생에게 고등학교 졸업 자격증 시험을 통과했다면, 무슨 과를 선택하든 적어도 교육 균등의 기회는 주는 것도 좋겠다.

의대든 법대든 간에 입학은 쉽지만, 전공과에 필요한 승급시험을 치러 능력이 되지 않으면 중간에 탈락하는 제도를 도입하면 불필요한 자격 시비도 사라질 것이다.

6
부

김제홍의 생각

인터뷰 진행

(전)충북일보 윤기윤 문화 전문기자

'나는 우리나라가 세계에서 가장 아름다운 나라가 되기를 원한다. 가장 부강한 나라가 되기를 원하는 것은 아니다. 내가 남의 침략에 가슴이 아팠으니, 내 나라가 남을 침략하는 것을 원치 아니한다. 우리의 부력(富力)은 우리의 생활을 풍족히 할 만하고, 우리의 강력(強力)은 남의 침략을 막을 만하면 족하다. 오직 한없이 가지고 싶은 것은 높은 문화의 힘이다. 문화의 힘은 우리 자신을 행복하게 하고, 나아가서 남에게 행복을 주기 때문이다.'

— 백범 김구 선생의 〈백범일지〉 中에서

정치(政治)를
생각·하다

정치가 숙성되어 핀 꽃이 문화(文化)

질문 사람들은 더불어민주당은 진보, 국민의 힘은 보수라고 말합니다. 이번 선거에 더불어민주당을 선택하셨어요.

김제홍 어느 당은 진보고, 어느 당은 보수라고 하는 근거가 무엇일까요? 이는 편 가르기의 전형적인 구태라고 생각해요. 그것이 이념에 근거한 것이라면 저의 이념은 '국민'이라고 말하고 싶어요. 국민이 진짜로 행복한 삶을 추구하는 것이 중요하다고 생각하거든요.

더불어민주당을 선택한 이유는 민주당이 상해 임시정부의 법통을 이어받은 신익희 선생과 조병옥 박사, 김대중·노무현·문재인 대통령에 이르기까지 뿌리 깊은 민주적 정당이라 선택하게 됐어요. 민주당의 강령과 노선이 서민과 중산층, 사회적 약자를 대변하는 신념과 소신이 저의 생각과 일치해서 민주당을 지지하고 선택하게 됐습니다. 민주당의 가치, 도덕성, 더 나은 국가로 발전하려는 지향점이 같아 참신한 정치인으로 몸담아 정치혁신의 주자가 되고 싶었습니다.

질문 정치란 무엇이라고 생각하시는지요.

김제홍 잘 익은 정치의 결과물이 좋은 문화라고 생각해요. 좋은 제도를 마련하는 것보다 '문화'라는 거대한 그 무언가가 성숙해지는 것이 중요합니다. 제도는 구체적인 틀이 법으로 정해져 있고 그 결과가 또렷이 나타납니다. 반면 문화(文化)는 눈에 보이지도 않고 말로 설명하기도 힘들지만, 우리가 경험하며 사회에 대한 국민의 태도 등으로 미루어 알 수 있죠. 정치 제도는 국회의원들의 합의만 있다면 어느 날 한순간에 바뀔 수 있어요. 그러나 문화는 많은 사람이 오랜 기간에 걸쳐 함께 축적해나가기 때문에 쉽게 바뀌지 않지요. 좋은 정치가 숙성되어 핀 꽃이 문화라고 생각해요. 좋은 문화를 만드는 것이 정치라고도 생각합니다.

또한, 정치는 삶이기도 합니다. 정치와 삶은 한 몸입니다. 생활이 곧 정치고 정치가 곧 생활입니다. 거기에서 정치니 생활이니 철학이니 하는 구분은 무의미하죠. 정치는 국민이 인간다운 삶을 영위하기 위해 대리인을 내세워 국가권력을 행사하는 활동입니다. 그래서 정치인은 자신의 철학을 국민에게 확실하게 보여줘야 해요. 또한, 정치의 현장에서 서로 다른 철학의 정치인들과 상호 간의 이해를 조정하며 사회의 질서를 제대로 잡고, 국민의 삶의 질을 높이는 역할을 하는 것이 정치라고 생각합니다. 따라서 철학의 다름이 나쁘다는 게 아니라 철학이 다름을 자신 있게 인정하고, 자신만의 철학으로 국민을 위해 진심을 담아 정치(政治)를 해야 한다고 믿습니다.

질문 정치인에게는 시대정신이 중요하다고 흔히 말합니다. 작
금의 시대정신은 무엇일까요?

김제홍 그 시기에 맞는 시대정신이 분명 존재하겠지요. 얼마 전
까지, 공정과 상식이 그 시대의 화두처럼 회자(膾炙)되었
죠. 헤겔은 '인류의 역사에서 어떤 시대든 그 시대를 관통
하는 하나의 절대적인 정신이 있다.'라고 보았지요. 그 시
대가 지나봐야 알 수 있다는 것인데요.

2023년 오늘의 시대정신은 '행복한 삶'이라고 생각합니
다. 그런데 행복이라는 개념은 다분히 상대적입니다. 그
러니 공평해야 한다는 것이죠. 그래서 공정이 나왔고, 상
식이 등장한 겁니다. 결국에는 누구나 행복한 세상에서
살기를 원해요. 전쟁이 나면, 평화가 시대정신이 되겠지
요. 결국, 어느 시대를 막론하고 변하지 않는 시대정신의
원조는 행복한 삶이 아닐까요.

질문　어떤 정치가 좋은 정치일까요.

김제홍　구한말 우리나라를 방문한 영국의 지리학자 이사벨라 버드 비숍 여사가 쓴 〈한국과 그 이웃 나라들〉을 인상 깊게 읽은 적이 있어요. 그중에서도 특히 '한국인들은 가난하고 불우한 환경에서 살고 있지만, 관료들이 청렴하게 정치만 잘한다면 나중에 일본을 능가하는, 세계에 우뚝 선 나라가 될 잠재력을 갖춘 민족이다'라고 통찰한 것이 뇌리에 크게 남았지요. 우리의 민족성을 바로 보아준 것 같아서 자긍심이 느껴지기도 했고, 그만큼 정치가 중요하구나 하는 것을 생각하는 계기가 되었습니다.

한 국가를 운영한다는 것은 지속적인 안정과 발전을 위해 국민의 각기 다른 요구를 취합하고 조정해서 공통의 가치를 도출하여 다 같이 한 방향으로 나아가도록 하는 것입니다. 흔히 '최대 다수의 최대 행복'을 위한 법과 제도를 만들고 시행함이 정치이고, 이의 주체가 정치인이겠지요. 결국, 정치인이 정치로 국가를 이끌어 가게 되는 것입니다.

저는 진영과 이념에 집착하지 않습니다. 저의 이념을 물으신다면 "저의 이념(理念)은 국민이다."라고 말하고 싶습니다. 누구 편이 아닌, 국민의 의사를 우선시해야 하는 정치가 좋은 정치겠지요. 독선과 억측이 아닌, 국민이 원하는 정치를 해야 합니다. 정치 불신의 가장 큰 화두는 불공정입니다. 국민이 원하는 것이 상식적 공정이라고 생각합니다. 그것을 하나씩 이루어가는 정치를 하고 싶습니다.

질문　정계(政界)에 진출하신다면 무엇을 하고 싶은지, 우선순위가 있다면?

김제홍　중앙의 국회에 진출하면 국가적인 현안들이 있겠지만, 청원구의 농촌과 도심과의 균형적 발전을 최우선으로 삼을 것입니다. 산업혁명 이후 전통사회가 무너지며 도시화가 급격히 진행되었습니다. 그러다 보니 자연의 순환에 기대어 살아가던 사람들이 공장의 부속품처럼 의미없는 반복적 노동에 내던져진 것입니다. 또한 사회시스템에 유용한 노동력을 얻기 위해 획일화된 교육이 시작되기도 했습니다.

우리나라는 2024년 3월 '농촌 공간 재구조화 및 재생지원에 관한 법(농촌공간계획법)'이 시행을 앞두고 있어요. 농촌 지역의 무분별한 개발을 억제하고 누구나 살고 싶은 공간으로 발전할 수 있는 여건을 마련한 셈입니다. 농촌공간 계획법에 의거한 제도적 관리를 강화할 수 있게 된 것이죠. 이 법은 농촌특화지구 7개 유형이 제시됐는데 이것이 살아 숨 쉬려면 지역에서 활용하고 합의할 수 있도록 해야 합니다.

현재 국토계획법의 용도지역은 4개 지역(도시지역·관리지역·농림지역·자연환경보전지역)으로 구분되어 있어요. 농촌특화지구가 여기에 포함돼 국토계획법과 부딪치지 않고 지자체가 특화지구를 활발하게 정할 수 있도록 길을 터줘야 할 것입니다. 청주 청원구 지역을 청주국제공항과 오창의

첨단 과학산단, 초정리 행궁과 초정약수, 운보의 집. 좌구
산 휴양림을 연계한 관광·문화·치유 생활의 융·복합신도
시로 발전시켜 나가겠습니다.

질문 청원구의 현실을 볼까요? 도심과 농촌이 공존한 도시입
니다. 오창과 내수 북이지역의 오염과 악취, 소음 등 해결
방안이 있는지요?

김제홍 인구 5만의 신도시 건설계획이 민군 겸용의 청주국제공
항 고도제한 때문에 좌초된 바 있다는 우려에 대해 지역
발전을 저해하는 군 비행장 이전까지 검토해야 합니다.
군 비행장의 이전이 현실적으로 어렵다면 '전투기 소음'
과 관련한 지역주민에 대한 제대로 된 보상과 지역발전
사업에 대한 규제 완화 등이 보장돼야 합니다.

우리 청원구는 청주시 4개 지역구 중 가장 역동적으로 발
전하는 지역이면서 가장 위기의 지역입니다. 방사광가속
기를 비롯한 첨단과학산업의 강점도 있지만, 북이·오창
쓰레기소각장 문제, 군 비행장 소음 및 도시개발 제한 문
제, 미세먼지와 축사 문제 등이 지역발전의 위기 요인으
로 작용하고 있어요. 이러한 문제를 ESG 경영철학의 관
점에서 멈추지 않고 혁신적이면서 미래 지향적인 자세로
노력할 겁니다.

질문   청원구는 민주당 강세지역이지만, 우선 민주당 내부 경선을 통과해야 합니다. 청주 청원구는 5선 의원이 현존하고 있고 여러 후보가 도전하고 있습니다. 쉽지 않은 경쟁 구도인데, 어떻습니까?

김제홍   시대 전환기에 참신성과 전문성, 경영 능력까지 3박자를 모두 갖춘 제가 적임자라고 생각합니다. 제가 태어나고 지금까지 살아온 우리 청원구의 지역발전을 위해 큰 포부를 펼쳐보고 싶습니다.

청원구는 방사광가속기 등을 비롯한 첨단과학산업의 전략 지역으로의 발전이 불가피합니다. 근시안적인 정치가 아닌 미래세대의 지속 가능한 발전까지도 고려한 식견과 비전을 제시할 수 있는, 과학산업과 기술 분야의 전문성을 갖춘 정치인이 더욱 필요하다고 할 수 있습니다.

저는, 전기전자분야 전공자로서 대학에서 30년 전부터 기후 변화 및 환경오염에 대한 대책으로 신(新) 재생에너지 분야 연구 및 기초인력양성사업에 매진해 왔어요. 그리고 제가 청원구에서 태어나고 그곳에서 농사를 지으면서 몸소 체험한 여러 가지 현안들이 있습니다. 정치적 논리로 구역을 선택하는 정치인들과는 분명 다를 겁니다. 비행장 소음 및 주변 지역 개발 제한 문제, 오창 북이지역에 소재하고 있는 소각장 문제 등 청원구의 지속 가능한 발전을 위협하는 현안들을 과감히 혁신하고 개혁할 것입니다.

질문 고향에 대해 남다른 애정이 있는 것 같습니다. 성장 과정이 궁금합니다.

김제홍 내수를 품고 있는 청원구는 저의 고향입니다. 가난한 농부의 아들로 태어나 유년시절을 보냈습니다. 저의 뿌리는 농부의 정직한 땀방울입니다. 많은 사람에게 농촌 지역이 매력적으로 느껴지도록 하는 것이 특히 중요합니다.

농촌 공간계획에서 지역별로 가진 장점과 약점을 파악하고 정책 결정에 주민들이 반드시 참여해야 합니다. 농촌의 환경은 아날로그죠. 반면 산업지식과 문화, 경제가 집약된 도심은 디지털이라고도 볼 수 있어요. 천혜의 자연환경을 그대로 간직한 농촌에 도심의 핵심인 디지털 기술을 접목하면 분명 시너지효과가 날 것입니다. 농촌을 살리고 노인 일자리를 창출하는 것은 또한 국가적인 과제이기도 합니다.

국가는 이런 건설적인 기획과 사업에 투자하기 위해 예산을 모아 준비하고 있는 것입니다. 전쟁으로 비유하자면, 국가는 국가에 이익이 되고 이길 수 있는 전쟁을 지원하려고 예비 실탄을 준비하고 있습니다. 하지만 그런 전쟁이 없다면 실탄은 그저 무용지물에 불과한 것입니다. 창조적이면서 혁신적인 사업이 없으니 정부에서는 투자를 망설이는 것이죠.

묵혀두고 있는 예산을 제대로 활용할 수 있는 사업을 일으켜 내는 것이 중요한 것입니다. 이른바 농촌 디지로그 시대를 이끌 새로운 아이템을 찾아내야 하는 것이 무엇보다 필요할 것입니다. 저는 이 무한한 꿈의 땅, 청원구에 혁신적이면서 조화를 이루는 사업을 기획하고 예산을 편성하도록 최선을 다할 것입니다.

'소위 <압력밥솥>이라고 지칭할 정도로 학생들을 극도의
경쟁 구도 안에 밀어 넣고 있다. 무엇보다 학생들에게 너무
긴 시간의 공부를 강요하는 비효율이 있다. 그리고 사교육
이 번창하고 공교육 현장은 무너졌다고 생각한다.'

- 교육학자 아만다 리플리(Amanda Ripley)의
〈무엇이 이 나라 학생들을 똑똑하게 만드는가?〉中에서

교육(敎育)을 생각·하다

무엇이 이 나라 학생들을
똑똑하게 만드는가?

질문　요즘 교육 현장을 뜨겁게 달구고 있는 아동학대와 교사의 소외 현상, 공교육의 위기에 대해 어떤 해결책이 있을까요.

김제홍　아동학대와 교사의 소외 현상에 대한 실질적이고 근본적인 해결책은 한 아이를 중심에 둔 맞춤형 지원체제에 있다고 생각합니다. 위기 학생 뒤에는 위기 가정이 있고, 위기 가정 뒤에는 위기 사회가 있어요. 아니, 거꾸로 위기 사회에서 위기 가정이, 위기 가정에 위기 학생이 있다고 보면 됩니다.

무엇보다 문제점을 조기에 발견하고 지원할 수 있는, 방안을 마련해야 악순환의 고리를 끊을 수 있다고 봅니다. 초등학교 1학년 교실에서의 철저한 모니터링을 통한 권위 있는 진단, 학생의 필요에 맞는 지원 설계 등을 법제화하고 실행하기 위한 실천이 무엇보다 절실합니다.

교사는 지식 전달자가 아닌 학생의 건강한 성장을 돕는 조력자이자 상담자입니다. 학부모는 소비자나 민원인이 아닌 협력자로 다시 정의를 내리는 것부터 필요하다고 생각합니다. 그래야 학교라는 배움의 공동체에서 각자의 역할에 충실하며 모두가 함께 성장하는 신나는 경험을 할 수 있을 것입니다.

질문 하지만 지난 교육의 성과로 현재의 대한민국이 눈부신 발전을 했잖아요. 부분적으로 잘못은 있으나 방향은 맞는 것이 아닐까요?

김제홍 맞습니다. 이런 혼란 중에도 모든 사람이 동의하는 점은 바로 지금까지의 발전은 교육 덕분이라는 점입니다. 시대적 환경의 차이입니다. 어렵고 힘든 시절이 우리나라에 있었어요.

1945년 광복 이후, 어려운 시기에 군사쿠데타로 탄생한 박정희 정권의 독재적 경제정책이 비약적 발전을 이뤘어요. 그 시대의 교육도 정치와 마찬가지로 획일적이고 성과 위주의 정책이었거든요. 부모들은 먹고살기에 급급한 시절이었어요. 자식들을 돌볼 여력이 없었지만, 교육열만큼은 엄청났죠. 대한민국의 발전 원동력이기도 했죠. 부모는 교육을 전적으로 학교에 맡겼어요. 학교를 전적으로 신뢰했죠. 공교육이 전부였어요.

그런데 이제 먹고 살만한 시대가 온 거죠. 이제 교육을 충분히 받고 자란 세대가 부모가 되니 눈높이가 달라진 겁니다. 대량 생산시대에 필요했던 수준의 인력을 배출해내는 시스템을 거부하게 되고, 학부모는 더 양질의 교육 서비스를 요구하게 되는 것이지요.

공장에서 획일적으로 만든 제품을 쓰다가 이제는 '수제품 (Hand made)'을 요구하는 겁니다. 아이들의 성향이 모두 다른데, 과거의 획일적인 교육 시스템에 집어넣으려니 부작용이 생긴 겁니다. 시대가 변한만큼 교육의 개념부터 시스템까지 모두 바꿔야 해요. 그리고 무엇보다 학생, 교사, 학부모가 교육공동체로서 상호신뢰하고 존중하는 학교문화를 만들어가야 합니다. 소득 수준이 높다고 선진국이라고 말할 수 없어요. 교육과 문화의 수준이 높아져야 진정한 선진국이라고 말할 수 있습니다.

질문　대학에서 총장을 역임하셨어요. 현재 우리나라의 교육제도 어떻게 생각하십니까?

김제홍　우리나라는 초등학교 때부터 대학 입학을 목표로 가르치는 교육이 되어버렸어요. 교육의 목적이 대학 입학이어서는 안됩니다. 교육제도는 오로지 성적이 좋은, 등수가 높은 학생들을 골라내기 위한 〈성적을 위한 공부〉를 지향하고 있습니다. 이런 교육은 학생들의 창의력과 잠재력을 끌어낼 수 없고 오히려 억압시킬 수 있죠. 중간고사나 기말고사에서 상대적으로 낮은 등수를 받은 학생들은 좌절감에 빠지게 되고, 자신감이 하락하게 됩니다. 고등학교에서 좋은 성적을 거두지 못하면 원하는 대학에 들어가 자신의 꿈을 위한 진정한 공부를 시작할 기회조차 주어지지 않는 현재의 교육제도는 바람직하지 않습니다.
　　처음부터 경쟁과 자아 소멸을 부르는 우리의 학교 교육은 바꿔어야 합니다. 누구에게나 균등하게 기회를 주고 자유로운 사고와 창의성을 길러주는 교육으로 변해야 합니다. 교사의 일방적 지식전달식 수업방식을 바꿔야 합니다. 먼저 교과서를 없애고 학생 스스로 교과서를 채우는 방식을 추구해야 합니다. 교사는 교과서의 내용을 학생들이 채울 수 있도록 길을 찾아주는 역할을 하면 되는 것이죠. 교육의 본질은 아이들의 성장과 행복에 초점을 맞춰야 해요. 아이들에게 맞지 않는 공부를 하는 것은 학생과 학교, 모두에게 도움이 되지 않습니다. 학생 스스로 길을 찾도록 돕는 것이 교육의 역할입니다. 흔히 말하는 기회 균등한 열린 사회는 학교에서 시작된다고 생각합니다. 대한민국의 교육은 그동안 우리나라 발전에 엄청나게 기여(寄與)했고 성과를 냈지만, 현재 많은 문제점을 가지고 있는 것이 사실입니다.

그러나 이런 문제점들을 공허한 이념적 판단으로 단숨에 해결하려 하지 말고, 실증적인 자료에 근거해 장점은 살리면서 부작용은 줄여가는 방안을 차분히 논의하는 것이 필요한 때이죠. 그래야 우리의 후손들이 학교에서 자기 적성을 살리면서 글로벌(Global) 세상에서 **활동할 수** 있는 경쟁력을 갖추는 교육을 받게 될 것입니다.

질문 환경 문제를 거론 안 할 수 없습니다. 이미 지구는 많이 오염되었어요. 그게 현실이죠. 과거를 돌이켜보면, 현재 기성세대의 교육에서 환경 문제가 소외되었던 것이 사실이잖아요. 먹고 살기에 급급했던 시절이니까요. 교육의 중요성이 환경과도 연관이 되어 보입니다.

김제홍 모든 사람은 쾌적하고 좋은 환경에서 살기를 원합니다. 요즘에는 환경 문제로 인해 옛날 어릴 적 밤하늘에 흐르던 은하수와 반짝이는 별을 볼 수도 없고, 여름밤의 반딧불도 쉽게 찾아볼 수가 없어서 안타깝고 아쉬움만 남아요. 그뿐인가요. 대기 중에 떠다니는, 사람들 눈에 보이지 않을 정도로 작은 미세먼지도 문제죠. 모두 환경오염으로 인한 것입니다.

우리가 장기간 미세먼지에 노출될 경우 면역력이 급격히 저하되어 각종 호흡기 질환이 발생합니다. 미세먼지는 인체 내 기관지 및 폐 깊숙한 곳까지 침투하기 쉬워 폐 등의 기관지에 붙어 각종 질환을 유발합니다. 이러한 문제들을 해결할 수는 없을까요? 도심에 공원을 많이 조성하여 충분한 나무를 심는다면, 대기오염의 영향을 줄일 수 있습니다. 우리 주변을 둘러싸고 있는 자연은 물론 사람도 자연환경의 일부분이며 환경과 밀접한 관계를 맺으며 살아가고 있죠. 과학기술이 발전하면서 물길을 막고 산을 깎아 도로를 만들고, 아파트를 짓고 사람이 더 편리한 생활을 할 수 있게 되었습니다. 하지만, 한편으로는 자연을 훼

손하여 개발하고 자연을 마구 썼기 때문에 환경을 파괴하고 있는 것입니다. 현재의 기후 변화도 그 때문입니다.

기후 변화에서 오는 온난화 상황도 심각합니다. 산업혁명이 발달하면서 온실가스를 배출하고, 석탄, 석유, 천연가스 등의 사용으로 기온 상승을 초래한 것이죠. 그렇다면 전 세계에서 내뿜는 온실가스는 어떻게 줄여야 할까요? 환경 관련 공익광고만 봐도 알 수 있듯이 일상생활 속의 여러 작은 실천만으로도 조금씩 해결책을 늘려나갈 수 있습니다. 그런데 우린 환경 문제에 대한 지식은 어느 정도 갖추고 있지만, 기후 위기를 타개하기 위한 실천 의지가 너무 빈약한 것 같습니다.

'배고픈 이데올로기보다 배부르게 만드는
경제력만이 국가의 생존을 보장한다'

- -김우중의 〈세계는 넓고 할 일은 많다.〉 中에서

외교(外交)를
생각·하다

질문　바이든 대통령의 IRA와 중국의 미국 마이크론 제재 등 끊임없는 다툼이 있어요. 한국은 어떻게 대처해야 할까요?

김제홍　중동 위주의 석유 패권의 시대도 미국의 셰일오일 이후 판도가 바뀌었죠. 가장 주시해야 하는 것은 에너지, 곡물 자급력 등 공급망 확보에 힘을 써야 할 대한민국의 미래입니다. 전 세계의 패권은 여러 전쟁의 과정에서 변화했어요. 다양한 이해관계가 얽혀 있으며 전쟁을 선전포고한 국가 역시 손해가 불가피하기에 당장 전쟁이 발생하지는 않을 것입니다. 하지만, 고도의 긴장감 속에서 두 나라 사이를 오가는 한국은 누구보다 신중한 선택을 해야 합니다. 2008년 미국발 세계 금융위기가 발생하면서 미국의 패권은 흔들리기 시작했죠. 당시 중국은 기회라고 여겨 미 국채 최대 보유국이 됐고 2015년 세계 2위 경제 대국이 되었지요.

코로나 이후, 세계화를 외치던 목소리는 러시아-우크라이나전쟁을 통해 막을 내리고 공급망 확보에 대한 선택적 동맹이 가장 큰 쟁점이 되었어요. 또한, 대만을 둘러싼 미·중의 갈등 역시 전쟁의 위협까지 가져오는 이슈(issue)이며, 현재 공급망 관련 러시아의 행보도 중요합니다. 유럽 EU 역시 우크라이나와 러시아 전쟁 이후 러시아를 제재하자는 목소리가 있었으나, 결국 에너지 사용 등의 이유로 현재 분열의 위기에 놓여있는 상태입니다.

EU는 강대국에 의해 형성된 관계가 아니고, 힘을 모아서 이익과 경쟁력을 높이자는 이유였죠. 이 관계 역시 세계화 이후 각자도생의 길을 걸으며 흩어질 가능성이 매우 커요. 그렇다면 친중, 친미 성향의 국가들까지 더해져 중국과 미국의 패권전쟁은 더욱 강화될 것으로 봅니다.

현재 가장 큰 안보인 반도체에서 한국의 필요성과 경쟁력이 사라진다면, 미국과 중국은 한국을 중요 국가로 신경 쓰지 않을 것입니다. 인구도 자본도 영토도 자원도 부족한 우리는, 이리저리 끌려다니지 않을 경쟁력과 기술을 갖추어야 합니다. 한국은 지금 CHAT, GPT, 비메모리 반도체와 같은 선진기술을 따라가기 바쁘지요. 규제도 필요하지만, 분산적인 기술 투자와 경제안보로 국력을 키워야 합니다.

질문 중국의 영향력 확대와 미국의 보호무역주의가 맞물려 국제질서가 요동치고 있습니다. 안보는 한·미·일 3각 동맹에 기반을 두고 있어요. 경제는 중국과의 관계가 중요한 시점에 신(新) 냉전 시대를 맞아 위기를 겪고 있는데요.

김제홍 중국의 급부상이 국제질서를 흔들고 있는 거죠. 미국 중심의 경제 질서가 심각한 도전을 받게 된 겁니다. 중국이 생각보다 빨리 세계 2위 경제 대국이 됐어요. 미국의 전략적 선택도 중국의 부상을 부추겼어요. 2001년 9·11테러 후 미국은 테러와의 전쟁에 몰두했잖아요. 중국을 세계무역기구(WTO)에 가입시키고 경제 성장에 도움을 주면 테러 대처 부담을 나눠서 지고 세계 평화와 안정에 도움이 될 것으로 여겼던 겁니다. 그래서 중국과 주변 국가의 경제·무역 합작 확대의 길을 열고자 하는 대규모 프로젝트 〈신(新)실크로드 전략 구상〉에도 크게 신경 쓰지 않았던 겁니다. 당시 버락 오바마 미 행정부는 이슬람국가(IS) 격퇴, 이란 핵 협상 등에 온 신경을 쓰고 있을 때였습니다. 그러다 중국의 힘이 급성장하고 전 세계 개발도상국이 중국의 영향력 아래로 놓이자 뒤늦게 〈신(新)실크로드 전략 구상〉을 강하게 견제했습니다. 중국은 이에 반발하면서 갈등이 시작된 것입니다.

질문 한·미·일 연합, 러시아와 중국 그리고 북한의 동맹이 가 시화되고 있어요.

김제홍 이번 회의가 미국 대통령 별장인 캠프 데이비드에서 열렸 다는 점에서 특별한 의미가 있어요. 미국의 인도·태평양 전략의 가운데 하나인 한일 양국과의 관계 강화는 중요한 사안이었습니다. 한미, 미일 상호방위조약을 맺고 있는데 도 불구하고, 바이든 대통령이 한미일 정상회담을 개최하 고자 하는 이유는 3자 형식을 통해 중국과 러시아에 보여 주기 위함이었어요.

바이든 대통령은 역사 갈등과 정치적 대립을 해온 한국과 일본을 상호 협력의 길로 유도하면서 자신의 외교적 업적 을 국내외적으로 과시할 필요 때문이었다고 생각합니다. 우크라이나를 침공한 러시아를 지원하는 북·중·러에 대 응해 인도·태평양지역 민주주의동맹 간의 상호 연대 강 화를 통한 내년 선거 대비 전략의 일환이기도 합니다. 또 한, 캠프 데이비드에 한·일 정상을 부른 이유는 유럽에 전 하는 메시지이기도 할 것입니다.

트럼프 대통령 시절 미국이 중국 반도체기업 화웨이를 제 재할 때 영국이 대중제재 대열에서 이탈했고, 독일은 중 국경제 의존도가 높아 지금 중국경제가 침체되자 같이 무 너지고 있어요. 이에 반해 한국과 일본은 안보동맹을 바 탕으로 대중 강압 전략에 동참하고 있잖아요. 중국의 경 제난이 깊어질 때, 일차적으로 충격을 흡수할 나라는 유럽이 아니라 한국과 일본이라고 본 겁니다.

안보 면에서도 한국과 일본이 대만해협 분쟁, 중러의 밀착에 대처할 수 있는 좋은 파트너라고 봤기 때문이기도 하고요. 이번 캠프 데이비드 원칙을 보면, 중국이 대만을 침공하는 '힘에 의한 일방적 현상 변경 시도를 허용하지 않는다. 법의 지배에 기초한 국제질서의 유지, 강화, 주권과 영토의 일체성 존중을 강조한다.'라는 내용을 담았어요. 러시아가 우크라이나 침공한 것을 보고 각성한 거죠.

질문 이러한 한·미·일의 결속은 반대로 북·중·러의 반발을 불러올 것은 뻔한 일이었잖아요. 이러한 질서 재편을 신(新)냉전이라고 부르기도 합니다. 이런 상황에서 우리의 대응 전략은 무엇이라고 보시는지요.

김제홍 이러한 신냉전이 전의 냉전과 다른 점은 역설적으로 초(超) 진영 실용외교라는 국제 지형의 형상이 만들어졌다는 겁니다. 이데올로기나 가치를 강요하는 선악의 이분법 경쟁이 아니라, 국가이익을 우선 고려한다는 뜻이기도 해요. 우리나라는 분단국가이면서 반도 그리고 동맹, 통상 국가임을 명심해야 합니다. 이런 인식하에 실리를 추구하는 국가전략을 수립해야 합니다. 우리가 주목할 사실은 과거 거대한 동유럽권이 서구의 경제력 앞에 무릎을 꿇은 데서도 시사하는 바가 있었잖아요. 이제는 세계 모든 나라가 선·후진국을 가리지 않고 '배고픈 이데올로기보다 배부르게 만드는 경제력만이 국가의 생존을 보장한다.'라고 합니다. 이제는 모두 실리 위주의 '경제 지상주의'를 지향하고 있다는 점입니다. 과거 중국의 등소평 주석이 '쥐를 잡는데 흰 고양이든, 검은 고양이든 쥐를 잡는 것이 중요하다.'라고 말했잖아요. 이는 이념을 뛰어넘는 자국의 실속을 챙기는 지혜로운 말이기도 합니다. 앞으로 국제관계에서는 경제력만큼 국가의 발언권이 주어질 것입니다. 우리가 경제력을 키워내지 못하면 국제무대에서 천대받을 수밖에 없다는 점을 분명히 인식해야 합니다.

질문 미·중의 패권전쟁뿐만 아니라, 세계 경제의 지형을 바꾸는 거대한 변화가 밀려오고 있습니다. 바로 기후 위기에서 비롯된 탄소 중립 문제입니다. 이 분야에서도 한국 정부의 대응은 세계적 추세를 따라가지 못하는 것 같죠? 어떤 대책이 필요한지요.

김제홍 애플, 구글, 마이크로소프트, 삼성전자, BMW 등. 모두 RE100에 가입한 기업입니다. RE100이란 태양광이나 풍력 같은 재생에너지로 만든 전력만 100% 써서 탄소의 배출을 감소시키자는 국제적 캠페인입니다. 말이 캠페인이지, 사실상 국제적인 새로운 표준으로 정착되고 있습니다. 현재 참여한 기업은 409개. 계속 확장되고 있어요. 세계적인 기업들은 이미 RE100 기준을 협력업체에 납품요건으로 제시하고 있습니다. 재생에너지 100% 기준을 충족시키지 못하면, 이제 납품 경쟁에서 탈락하는 겁니다. 실제로 애플은 SK하이닉스에, BMW는 삼성SDI에 RE100 참여를 요구하고 있습니다. SK그룹 8개사에 이어, 삼성전자도 이런 국제적 압력에 직면해, 뒤늦게 RE100 가입을 선언했습니다.

삼성전자는 혁신 기술과 제품을 통해 가치사슬(Value chain) 전반에 걸쳐 친환경 생태계 구축을 추진해 나갈 계획을 발표했지요. 이런 흐름은 최근 국내 업체들의 실질적 피해로 이어지고 있어요. 전기차 모터 부품을 생산하는 국내 기업이 볼보의 RE100 요구 조건을 맞추지 못해 납품 경쟁에서 탈락하는 경우가 발생한 겁니다. 실질적으로 거래가 중단되고 거래가 바뀌는 이것은 한 기업의 문제가 아니죠. 대한민국 산업 전반에 걸치는 충격으로 다가올 수 있는 사안입니다. 제가 ESG 경영의 중요성을 강조한 이유 중 하나이기도 합니다.

'안개를 그리기 전에는 런던에는 안개가 없었다.'

- 아일랜드 극작가 오스카 와일드

Q&A

농촌과 청년을
생각·하다

질문 이번에는 농촌문제로 들어가 볼까요? 농민들은 풍년이 반갑지 않다고 합니다. 농자재의 가격은 계속 오르는데 벼값은 어떻게 10년, 20년 지나도 더 떨어진다고 울상입니다. 우리 쌀은 남아도는데 정부는 계속해서 수입쌀을 들여온다고 합니다. 정부는 WTO 협정에 따라 쌀 의무 수입 물량을 들여올 수밖에 없어요. 해법은 있는 건지요.

김제홍 수요와 공급의 문제입니다. 하지만 지구상의 어느 나라도 수요와 공급을 딱 맞출 수는 없는 일이죠. 흉작과 풍작을 어떻게 인력으로 적절하게 조절할 수 있겠습니까? 농산물은 수요와 공급이 일치하지 않는 것이 정상적입니다. 그래서 시장의 논리와 별도로 정부가 개입해서 보호해야 할 대상인 겁니다.

농촌은 돈으로 환산할 수 없는 기능이 있어요. 천문학적인 농업 보조금을 쏟아붓는 선진국은 '지켜내야 할 대상'으로서 농촌사회의 특수성을 말합니다. 정부는 농민이 안정적으로 생업에 전념할 수 있도록 정책적으로 도와야 합니다. 당장은 불필요한 예산 낭비처럼 보일지라도 장기적으로 이 나라의 생태와 마을 공동체를 지키고 식량 자주권을 지키며 국민의 건강을 지키는 데 큰 역할을 한다는 신념을 가져야 합니다.

개방과 보호, 이 두 가지 묘수를 적절히 섞어갈 지혜가 필요할 겁니다.

질문　농촌은 젊은이가 부족합니다. 취업이 어려우니 내 집 마련은 꿈에 불과한 현실입니다. 일할 수 있는 젊은이들은 도심으로 빠져나가는 실정입니다. 농촌에 청년들의 획기적인 일자리 창출과 미래를 제시할 방안은 없을까요?

김제홍　다산(茶山) 정약용 선생의 삼농이 기억납니다. 200년 전 다산 정약용 선생은 삼농(三農)을 기본 방향으로 제시했어요. 편농(便農), 후농(厚農), 상농(上農)의 삼농은 200년이 지난 오늘날에도 농업·농민·농촌 문제의 해결을 위한 혜안으로 전혀 손색이 없다는 것입니다.

편농(便農)은 농민의 일이 노동자의 일보다 힘이 드니 농민들이 편하게 일할 수 있도록 농업기술을 개량하고, 정부 정책차원에서 적극적으로 지원해야 한다는 것입니다. 또한, 후농(厚農)은 농민이 힘들게 일하고도 상업하는 사람들에 비해 가난하니 부유하게 해줘야 한다는 것입니다. 마지막으로 상농(上農)은 농민이 힘들고 가난한데도 신분까지 낮으니 신분을 높여야 한다는 것입니다. 이는 농민이 대접받아야 식량안보가 확립되고 국민이 행복한 시대를 맞을 수 있기 때문이지요. 다산(茶山)의 가르침대로 상농(上農)의 시대를 만드는 동시에 이제는 헌법이 보장하는 농업정책을 제대로 펼치고 싶습니다.

국가 차원에서 정책적으로 도심과 비교해서 상대적으로 저렴한 주택과 토지를 젊은이들에게 제공해주면서 관광과 연계된 특산물의 매출을 높여 수익이 보장되면 자연스럽게 일자리 창출이 되지 않을까 생각합니다.

얼마 전, 영화 〈리틀 포레스트〉를 재미있게 보았어요. 도시의 삶에 싫증을 느낀 주인공이 시골에 정착하는 내용입니다. 농촌의 풍경을 아름답게 묘사하고 도시의 모습은 숨 막히게 그려 대비를 이룬 영화였죠. 시골의 자연 풍광에 묻혀 사는 젊은이들의 모습, 행복한 농촌의 미래를 보여주는 것이죠. 꿈을 현실로 만드는 그 일에 남은 인생의 열정을 쏟아붓고 싶어요. 그렇게 꿈꿀 수 있는 용기를 불어넣어 준 곳이 바로 저의 고향 내수입니다.

질문 자유무역협정이 체결되어 시장이 개방되면 우리 농산물은 값싼 외국 농산물과의 가격경쟁이 될 수가 없는 구조죠. 우리 농민들은 살기 위하여 일손을 뿌리치고 거리로 나와 시위를 하면서 농산물 시장개방을 반대합니다. 우리 농민과 농촌을 살리는 길, 방법이 없을까요.

김제홍 세계화의 시대에 시장개방을 하지 않으면 우리의 공산품을 수출할 수 없게 되어 살아갈 수 없어요. 그래서 정부는 어쩔 수 없이 시장을 개방하는 것입니다. 정부는 농촌을 살리려고 천문학적인 투자를 하고 있지만, 우리의 농산물보다 값이 싼 미국과 중국 칠레 등의 농산물과 경쟁하기가 너무 힘들죠. 오로지 정부의 힘만으로는 감당할 수가 없는 구조입니다. 여기에는 국민의 지혜가 필요합니다.

과거 우리가 IMF 때, 금 모으기 운동을 펼쳤잖아요. 그 파급력은 놀라웠잖아요. 단지, 금으로 IMF를 극복하는 실리적인 문제보다, 함께 위기를 이겨 내려는 우리 국민의 애국심이 IMF를 극복하는 원동력이 된 것입니다. 이처럼 우리 국민이 모두 농산물 수입은 하되, 우리 농산물이 비싸도 사는 마음이 필요합니다. 귀한 우리 아이들 돌 반지를 내놓는 그 마음으로요. 그런 의식이 강하게 자리 잡고, 실제로 그렇게 구매를 하면 외국의 농산물이 아무리 많이 수입되더라도 우리 정부는 할 말이 있는 겁니다. 자유시장 경제체제에서 소비자의 선택까지 강요할 수는 없는 법이니까요. 우리 국민이 우리 농산물을 외면하고, 값이 싸다고 외국의 농산물을 구매하면 우리의 농민과 농업 농촌은 사라지게 되고 먹거리를 외국에 의지하여 살게 되는 것입니다.

외국의 농산물이 우리의 시장을 지배하게 되면, 값을 올려도 어쩔 수 없이 끌려갈 수밖에 없는 것입니다. 그뿐만 아니라 농민들이 모두 도시로 몰려들게 되면 논밭이 황폐해지고 자연환경이 파괴됩니다. 예를 들어 농민들이 논밭을 가꾸면 비가 올 때 논밭에서 물을 저장하는 역할을 하는데 논밭을 버리게 되면, 자연환경이 파괴되고 말 것입니다.

결국, 우리 농산물을 우리 국민이 소비하는 것은 우리 자신을 위한 일이 되는 것입니다. 이것이 해결 방법의 전부는 아니겠지만 '우리 것을 먹는다.'라는 마음가짐이 중요하다는 것을 말하고 싶습니다.

과학기술을
생각·하다

과학기술의 현재와 미래를 전망한다

질문 교수님은 전기공학박사입니다. 또한, 오랫동안 교육 및 연구 활동을 해오신 교육전문가이며 과학기술인입니다. 청원구 발전을 위해 어떤 역할을 할 수 있을까요?

김제홍 저는 대학, 대학원에서 전기 전자를 공부하고 연구하며, 많은 대형프로젝트에 참여하여 성공시킨 경험이 있습니다. 교수가 되어서도 교육 및 활발한 연구 활동을 하며 나름의 성과를 가지고 있는 과학기술 분야 전문가라고도 말씀드릴 수 있습니다.

과학기술 분야 전문성을 바탕으로 전력산업 및 에너지 자원 분야 기초인력양성사업 책임자로 다녀간 활동한 이력도 가지고 있습니다. 또한, 과학기술 분야 현장에 대한 이해도가 높다고 말씀드릴 수 있습니다. 지금처럼 급속하게 과학기술이 발전하는 〈4차산업혁명〉 시대는 속도도 중요하지만, 방향은 더 중요하다고 생각합니다. 저는 첨단과학기술 분야의 세계적 흐름뿐만 아니라 현장을 잘 이해하고, 올바른 방향의 정책을 펼칠 수 있는 비전을 가지고 있습니다. 아는 만큼 보인다고 합니다.

여기에 ESG 경영 개념을 곁들여서 첨단과학기술 분야의 전 세계적인 흐름과 대세를 정확히 이해하고 청원구의 지속 가능한 발전을 미래지향적으로 이끌어 가도록 하겠습니다.

질문 우리나라의 신재생에너지 정책에 대한 의견 부탁드립니다.

김제홍 우리나라뿐만 아니라 지구의 지속 가능한 발전을 위해서는 2050년까지 탄소 중립을 반드시 달성해야 한다고 생각합니다. 기후 위기 대응을 위해 친환경, 무공해 청정에너지원인 신재생에너지와 수소에너지 등이 주 에너지가 되어야 하며, 이렇게 함으로써 탄소의 배출을 억제하고, 탄소 중립을 달성할 수 있을 것입니다. 그러기 위해서는 첫 번째, 탄소 배출이 많은 석탄, 석유와 같은 화석에너지 중심에서 탄소 배출이 거의 없는 태양광발전, 풍력발전 등과 같은 신재생에너지 중심으로 전환해야 합니다. 두 번째, 무한정, 무공해 청정에너지인 수소에너지로 전환해야 합니다. 수소는 연료전지에 주입 시 전기와 물을 발생 (연료전지 발전)시키며 탄소 배출이 전혀 없는 에너지입니다. 또한, 수소를 연소시켜 에너지로 사용 시 열 발생량이 석유의 3배 정도로 열효율이 우수합니다. 그러면서 탄소 발생이 거의 없어요. 세 번째, 석탄, 석유보다 상대적으로 탄소발생량이 적은 천연가스를 탄소 중립으로 가기 위한 전환에너지로 사용할 수 있으며, 비록 방사능 핵폐기물을 발생시키기는 하지만 탄소 발생이 거의 없는 원자력발전도 전환에너지로서 중요한 역할을 할 수 있다고 봅니다.

질문   세계적 유수 기업의 유치를 위해서는 RE-100을 실천할
수 있는 신재생에너지 보급이 필수적이며, 에너지 대전환
정책이 필요하다고 생각합니다. 우리나라의 에너지 대전
환 방안 및 전망에 대한 의견 부탁드립니다.

김제홍   탈 탄소 사회를 위한 2050 탄소 중립 정책과 에너지전환
정책의 추진은, 전 지구적 과제인 기후 변화 대응책의 하
나로 추진되어 오던 온실가스 감축 노력의 일환이며, 태
양광을 비롯한 신재생에너지 산업의 성장에 대한 기대감
을 높여 주고 있어요.
우리나라뿐만 아니라 미국과 EU, 일본 등 주요 선진국들
은 그린에너지의 확대 및 에너지전환 정책을 코로나-19
대유행으로 인한 경기 침체를 극복하기 위한 대규모 투
자 수단으로 활용하고 있습니다. 에너지전환 정책은 기존
의 석탄, 석유와 같은 화석에너지 중심에서 태양광, 풍력
등과 같은 신재생에너지 중심으로 전환하는 것을 의미합
니다. 또한, 한국형 그린뉴딜의 핵심인 에너지전환 정책
은 세계 각국의 정부 정책이기도 하고요. 무엇보다 시대
적 요구에 부응하기 위해 탄소 중립 및 ESG의 필요성이
강조되면서 기업경영의 중요 고려대상으로 부상하고 있
습니다. 세계 굴지의 글로벌 기업들은 'RE100'을 서로 경
쟁적으로 선언하면서 신재생에너지 보급 확대를 선도하
고 있습니다. 이러한 에너지전환 추진과정에서 신재생에
너지 산업 분야 중 태양광발전과 해상풍력발전 산업은 특

히 높은 성장세를 나타낼 것으로 전망되고 있습니다. 특히 코로나-19 대유행 사태로 2020년 세계 태양광 수요는 사상 처음 역성장할 것으로 예측하기도 했지만, 이른바 세계 2대 거대 시장인 중국과 미국 시장이 예상보다 양호한 수요 증가를 나타내고 있습니다. 예상치 120GW를 상회한 130GW를 초과한 것으로 보고되고 있거든요. 그리고 국내 태양광 시장도 2017년 1.3GW에서 2020년 4.13GW로 3배 정도 성장하고 있습니다. 이처럼, 태양광 발전 수요 확산의 가장 큰 이유는 경제성 향상 때문이며, 최근 IEA에서 발간한 보고서 'World Energy Outlook 2020'에 의하면 이미 태양광발전은 현존하는 에너지원 중 가장 값싼 에너지원이며, 2050년 탄소 중립 목표를 실현하는 과정에서 주력 에너지원이 될 것으로 전망하고 있습니다.

우리나라도 '재생에너지 3020' 이행 계획을 시작으로 전북 새만금을 세계 재생에너지 메카로 만든다는 '새만금 재생에너지 비전', 포스트 코로나 국가발전전략인 '한국형 그린뉴딜', '2050 탄소 중립 추진전략' 등 여러 가지 관련 정책들을 연속적으로 발표하며, 관련 산업 지원을 강화해 나가고 있습니다. 더불어, 에너지전환을 위한 국내 신재생에너지 관련 기업들의 사업 추진도 본격화될 것으로 전망되고 있어요.

질문 청원구의 최대 현안 중 하나인 〈쓰레기소각장〉에 대한 해결 방안이나, 정책이 있으신지요.

김제홍 우리 청주시 북이, 오창지역에서 소각하는 쓰레기 소각량은 전국 쓰레기 소각량의 대략 20%에 달하고 있습니다. 이미 자연의 자정 능력 범위를 초과한 적정한계를 넘은 소각 용량이라고 생각합니다.

이러한 지역 편중성은 시정되어야 합니다. 또한, 청원구에는 환경 유해를 유발하는 산업단지 등 시설이 다수 존재하고 있어, 봄철 청주지역의 미세먼지 농도가 전국에서 제일 높아지는 원인이 되기도 합니다. 게다가 방사광가속기 추진에 따른 인구 밀집이 예상되기 때문에 우리 청원구 지역에 〈쓰레기소각장〉을 추가로 설치하는 것은 매우 부적절합니다.

〈쓰레기소각장〉 관련 정책변화로 환경부는 2021년 매년 늘어나는 생활폐기물 발생을 막기 위해 '폐기물관리법 시행규칙 개정안'을 발표했어요. 개정안의 주된 내용은 생활폐기물을 곧바로 매립(埋立)하는 것은 금하고 있습니다. 매립 전에 소각이나 재활용 과정을 거치고, 그 과정에서 발생한 잔재물 등만 매립(埋立)해야 한다는 것이죠. 즉, 서울과 인천·경기 지역은 2026년 1월부터 시행하고 그 외 지역은 2030년 1월부터 시행합니다.

지방자치단체들은 환경부가 제시한 날짜 전에 소각장 설치 의무가 생겼으며, 2030년부터 전국에서 생활폐기물을 소각이나 선별 없이 직매립하는 행위가 금지되게 됩니다. 따라서, 올바른 방향으로 정책이 시행되기 위해서는 〈쓰레기소각장〉 운영을 문제점이 많이 노출되는 현재의 민간영역에 맡기기보다는, 공공부문에서 담당해야 신뢰성을 담보할 수 있다고 생각합니다.

질문   과학기술이 발전하는 과정에서 환경호르몬이나 원자폭
탄처럼 부정적인 결과가 나타나기도 했습니다. 그래서 혹
자는 과학기술이 인류의 모든 문제를 해결해 줄 것이라고
낙관해서는 안 된다고 경고를 하기도 합니다.

김제홍   저는 현대의 과학기술은 반드시 환경 문제를 해결하는데
필요한 역할을 하고 있다고 확신합니다. 지구온난화와 같
은 환경 문제의 구체적인 원인을 밝혀내는 것도 현대의
과학기술발전으로 인해 가능한 것입니다. 현재 우리는 과
학기술을 기반으로 수질오염의 원인이 되는 폐수를 정화
하고, 토양오염의 원인이 되는 쓰레기를 재활용합니다.
최근 한 연구를 통해 음식물 쓰레기를 이용해 하수처리장
의 수질을 개선할 수 있는 기술을 개발했다고 하죠. 과거
불치병이었던, 흑사병이나 결핵과 같은 질병 역시 과학연
구를 거쳐 현재는 치료가 가능해졌어요. 지구도 마찬가지
라고 생각합니다.

대기오염, 토양오염, 수질오염, 해양오염 등 지구 환경 전
반을 심각하게 오염시켜 자연 생태계의 건강을 크게 악화
시키며, 인류의 생존까지 위협한 주체가 인간 스스로라는
사실은 참으로 아이러니가 아닐 수 없습니다. 녹아내리는
남극의 빙하, 바다에 쌓여가는 쓰레기, 그 쓰레기를 먹는
바다생물들, 바다 위의 기름, 기름을 뒤집어쓴 물고기와
새들…. 이와 같은 환경오염으로 인해 피해는 고스란히
우리 인간에게 되돌아옵니다. 이제 눈앞에 있는 과학기술

로 인한 혜택만 생각하기보다는, 우리가 과학기술을 어떻게 사용해야 자연과 상호작용할 수 있는지 고민해야 할 때입니다. 저탄소를 추구하고 인간과 자연의 공존을 위해 생태 중심주의 사회로 변화해야 합니다. 인간 우위가 아닌, 지구와의 공존이라는 사고방식의 변화가 중요합니다.

질문 과학기술로 인해 우리의 삶이 변화하고 있는 것은 틀림없다고 봅니다. 구체적으로 우리 인간의 미래에 어떤 영향을 줄까요.

김제홍 과학과 기술은 현대 사회의 중심 역할을 하며 우리의 삶을 크게 변화시키고 있습니다. 과학과 기술의 발전은 또한 산업 부문에도 긍정적인 영향을 끼칩니다. 새로운 제품과 서비스를 개발하고 생산하는 과정에서 과학과 기술은 생산성을 높이고 비용을 절감하는 데 도움이 되죠. 더 나아가, 신기술을 채용하는 기업은 경쟁력을 확보할 수 있습니다. 따라서 과학과 기술의 발전은 경제적으로도 중요한 역할을 합니다.

과학과 기술의 발전은 미래에도 핵심적인 역할을 합니다. 예를 들어, 바이오 분야에서는 유전자 편집을 통해 유전적 질병을 예방하고 유전자 치료를 개발하는 연구가 활발히 진행되고 있죠. 이러한 연구는 미래 세대에게 더 건강하고 더 긴 수명을 제공할 수 있다는 것이죠. 또한, 인공지능과 로봇 공학은 미래의 일자리를 형성하고 새로운 경제 분야를 창출할 겁니다. 그러나 우리가 잊지 말아야 할 것은 과학기술의 발전은 동시에 윤리적인 면과 안전 문제를 신중하게 다루어야 합니다.

인공지능의 발전으로 인한 개인 정보 보안 문제 그리고 생명 과학 분야의 윤리적인 고려 사항은 중요한 주제죠. 이러한 문제를 다루기 위해서는 정부, 산업계, 학계 및 시민 사회 간의 협력이 필요합니다.

이제 과학과 기술은 우리의 미래를 보장하는 핵심 역할을 할 것입니다. 이러한 발전은 환경, 의료, 경제 및 윤리적인 측면에서 긍정적인 영향을 미치며, 계속해서 진화하고 발전할 것으로 기대합니다. 그런 까닭에 과학기술에 대한 과감한 투자와 연구는 우리 미래를 위해 꼭 필요하다고 할 수 있습니다.

질문 〈수소 사회〉가 온다는 말을 들은 적이 있습니다. 그리고 현실적으로 수소차도 생산되어 거리를 누비고 있어요. 환경에 피해를 주는 화석연료의 대체 에너지원으로 수소가 미래의 자원이라고 합니다.

김제홍 맞습니다. 수소는 우리 미래의 에너지원이 될 것입니다. 쥘 베른이 1874년 발표한 소설 〈신비한 섬〉에서 "언젠가 물이 연료로 쓰일 날이 올 것이다. 물의 구성 성분인 수소와 산소가 개별적으로 쓰이든 동시에 쓰이든 간에 무진장한 열과 빛을 제공해주는 에너지원이 될 거야. 물은 미래의 석탄이지."라고 합니다. 150년 전 소설을 통해 예언한 미래가 지금 시작되고 있다고 봐도 과언이 아닐 겁니다. 지구의 환경오염 중에서 가장 심각한 것은 바로 화석연료인 석탄과 석유입니다.

수소는 우주에서 가장 흔한 물질입니다. 석유가 없는 우리 땅에도 수소만큼은 풍부하다는 뜻이지요. 축복이 아닐 수 없습니다. 수소는 연소시켜도 물 밖에 나오지 않으니 친환경적입니다. 또한, 폭발적인 힘노 가지고 있어 다른 대체 에너지와는 달리 효율성도 엄청나죠. 그런데 쥘 베른은 이미 150년 전에 알았던 걸 왜 이제야 에너지원으로 기대하고 있을까? 라는 의문이 들겠지요. 그것은 에너지원으로서 수소에는 몇 가지 치명적인 약점이 있기 때문이죠. 일단 분해가 쉽지 않아요. 그리고 수소를 만들어도 저장과 배송이 힘들거든요. 가벼우므로 압축해서 저장해야 하는데 폭발의 위험이 커요. 거기에 파이프 운송도 어려워요. 액화시켜 운송하면 대량 저장이 가능하지만, 영하 235도를 유지해야 하므로 초기 비용이 큽니다. 그래서 과학자들은 어떻게 하면 안정적으로, 효율적으로, 친환경적으로 수소를 만들어낼 수 있을까 고민하는 것입니다.

현재 전 세계는 빠르게 〈수소 사회〉를 향해 달려가고 있어요. 미국 캘리포니아주는 2030년까지 수소차 100만 대 보급, 수소충전소를 1000곳에 구축할 계획이며, 독일은 수소 기차를 시범 운행한 데 이어 2040년까지 디젤 열차를 모두 친환경 차량으로 바꾼다는 계획을 세웠습니다. 네덜란드는 2050년까지 북부 지역을 친환경 수소 경제 도시로 만들기로 했고, 중국의 루가오시는 유엔 개발 계획(UNDP)이 수소 경제 시범 도시로 지정할 만큼 수소 사업에 열정적입니다. 일본은 이미 100기의 수소충전소를 운영 중이며 2020년까지 '수소 사회'에 진입한다는 목표를 세우고 수소차는 물론 트럭과 지게차, 가정용 보일러 등 일상 영역으로 수소를 끌어들이고 있어요.

우리나라도 수소 활용에 관해 세계적 수준의 기술력을 갖추고 있습니다. 2013년 세계 최초로 수소차 양산에 성공했고, 한 번 충전으로 609㎞를 달릴 수 있는 수소차 역시 한국 기업이 만들었어요. 이것은 현재 수소차가 달릴 수 있는 가장 먼 거리입니다. 한국철도기술연구원은 1회 충전으로 600km 이상 주행 가능한 수소 철도차량을 개발해 디젤 철도차량을 점진적으로 대체할 예정이라고 알고 있습니다.

정부가 발표한 '수소 경제 활성화 로드맵'에 따르면 2040년 우리나라는 수소 경제 사회에 진입하게 되었어요. 사실 수소 사회로의 진입은 이미 시작됐다고 보면 됩니다. 수소차는 상용화됐고, 수소 열차도 곧 상용화될 예정이니 말입니다. 여기에 각국의 경쟁이 치열해지고 있는 만큼 새로운 길을 선점해야 하는 것이 과제입니다. 에너지의 95%를 수입에 의존하는 우리나라가 일정 부분이지만 에너지를 자급할 수 있게 된다면, 경제는 더 안정될 것입니다. 하루빨리 수소 시대의 문을 활짝 열고 탄소 시대의 에너지 속국이 아닌 수소 시대를 주도하는 에너지 독립국이 되기를 기원해 봅니다.

'지구는 우리의 유일한 주주

(Earth is now our only shareholder)다'

- 기업 〈파타고니아〉의 홈페이지 메시지

Q&A

ESG 경영의 미래,
생각·하다

질문 충북ESG포럼 상임대표를 맡고 있죠? ESG 경영이 필요한 이유를 설명해주신다면?

김제홍 먼저 ESG란 기업의 비재무적 요소인 환경(Environment), 사회(Social), 지배구조(Governance)를 말합니다. 기업이 환경 문제에 대한 적극적인 대응을 하고, 사회적 가치와 윤리를 중요시하며, 투명하고 책임감 있는 지배구조를 갖추는 것을 목표로 합니다. ESG 경영은 기업의 장기적인 지속가능성을 고려하여 경영을 효과적으로 수행하는 방법이죠. ESG 경영은 기업경영의 의사결정과정에서 경제 성과와 같은 재무적 이익만을 우선 하는 것이 아니라, 비재무적 요소인 사회와 환경에 기업경영이 미치는 영향도 중요하게 생각하는 경영입니다.

ESG란 현재 우리가 처한 기후 환경적 위기, 정치 사회적 위기, 미래세대의 지속가능성에 대한 위기를 해결하기 위해, 선택이 아닌 반드시 실천해야 하는 당면 과제입니다. 현재 세대의 발전뿐만 아니라 미래세대의 지속 가능한 발전을 위해 ESG의 실천은 매우 중요합니다. ESG 경영의 다른 말은 '올바른 가치(價値)'를 지켜가는 방법입니다.

기업이나 사회, 지역에서 여러 위기 상황의 문제점들을 정확하게 분석하고 해결해 나갈 수 있는 전문적이며 유능한 사회적 리더가 필요합니다. ESG 경영의 확장으로 지역주민의 삶의 질을 높이고 혁신하는데 밑거름이 되고 싶습니다.

질문 ESG 경영에 관심을 두게 된 이유가 있나요?

김제홍 파타고니아의 기업주 쉬나드는 '지금의 자본주의는 소수의 부자와 다수의 가난한 자로 이뤄져 있지 않나. 새로운 형태의 자본주의에 선한 영향력을 주기를 바란다. 처음부터 회사를 만들 생각도 없었고 사업가가 되고 싶은 생각도 없었다. 이제 내 회사는 내가 없어도 옳은 가치를 위해 계속 굴러갈 수 있게 됐으니 내일 죽어도 여한이 없다.'라고 말했어요.

그는 기업 운영 시 이윤 창출이 아니라, 자연(自然)보존과 직원의 복지를 최우선 가치로 삼았어요. 그의 말은 빈말이 아니었습니다. 쉬나드는 작년 9월, 자신과 부인, 두 자녀가 소유한 지분 100%를 통째로 넘겼어요. 쉬나드 일가가 넘긴 지분은 약 30억 달러(약 4조1천800억 원)에 달했죠. 지분의 98%는 기후 변화 대처를 위한 비영리재단에, 2%는 신탁사에 넘겼습니다. 파타고니아의 연 매출 약 100만 달러 역시 고스란히 기부되었죠. 쉬나드 일가에게 남은 것은 0%로 이미 지난 8월 모든 절차를 마쳤다고 합니다. ESG는 바로 이러한 '옳은 가치'를 이야기해야 합니다. 환경, 사회공헌이 ESG의 모든 것이라고 말해서는 안 됩니다. 적어도 일반적 경영학 수준의 논거와 기준, 통찰로 그냥 누구나 이야기할 수 있는 컨설팅 이슈로 포장해서는 안 되는 개념이거든요. ESG가 미래를 위해 반드시 추구해야 할 가치라면 나눔과 배려의 ESG 개념을 바르게 이해해야 합니다.

제가 ESG에 본격적인 관심을 기울인 이유는 2020년 총장으로 활동하면서부터입니다. ESG 경영에 대한 논의의 현장 속에 있으면서 필요하다고 느낀 바를 총장 임기가 끝나자마자 청주에서 실천에 옮기게 됐습니다.

아까도 말씀드렸지만, ESG는 현재의 사회 상황에서 선택이 아닌 필수 과제라는 확신이 들었습니다. 무엇보다 ESG 경영을 충북도민과 산업체에 확산시키고, 지역사회의 꾸준한 발전을 위해서는 꼭 필요한 경영정책이라고 생각했어요. 그래서 〈충북ESG포럼〉을 운영하여 지역의 지속적인 발전을 위해 알리려 애썼습니다.

청주라는 고향의 품이 있어서 제가 이만큼 성장할 수 있었습니다. 그리고 생각해보면 저는 어린 시절부터 ESG 경영을 이미 배우고 있었습니다. 바로 저의 할머니를 통해서이지요. 올곧은 정신으로 늘 배려와 나눔을 온몸으로 실천하셨던 할머니야말로 이미 ESG 경영철학을 구현하셨다는 것을 깨닫게 되었습니다. 당신이 사시던 자연의 환경뿐만 아니라 이웃 공동체의 삶에도 헌신하셨던 할머니의 생이야말로 궁극적으로 보다 나은 물적, 정신적 환경에 이바지하는 삶이셨구나 하는 것을 새삼 깨닫게 됩니다. 그러한 깨달음을 제가 사는 지역발전을 위해 더욱 확장 시켜 나가고 싶습니다.

질문 ESG 경영, 아직도 보통 사람들에게는 낯선 용어입니다. 나와는 상관없는 일처럼 느끼기도 하고요. ESG 경영이 뿌리내리고 실천되기까지 수많은 난관이 많을 것 같습니다.

김제홍 맞습니다. 말로는 실천을 이야기하고 있지만, 엄청난 에너지를 쓰는 편리한 생활의 달콤함을 포기하지 못하고 있습니다. 먹는 것, 입는 것, 누리는 것 모두 다 말입니다. 그저 남의 일, 남의 나라의 일로 치부해버립니다. 인간의 역사를 살펴보면 자본주의는 성장 중심입니다. 살면서 우리는 성장하지 않은 상황을 받아들이기 힘들어하죠. 우리가 그렇게 갈망하는 성장은 소비와 파괴 위에 열리는 것입니다. 낮이 있으면 반드시 밤이 찾아오는 것처럼 말입니다. 모든 것은 공존하는 것이죠. 우리는 지구라는 환경과 공존하는 인간이라는 존재입니다. 다른 동물들은 지구를 파괴하지 않습니다. 머리 좋은 인간이 스스로 파괴하는 것이죠. 그래서 파괴된 지구 환경을 살리기 위해서는 성장과 소비의 필연적인 환경 위에 ESG 경영을 정착시키자는 것입니다.

'1834년 봄, 주의회 의원 선거가 열렸다. 링컨은 열심히 선거운동을 했다. 농민들이 밀밭에서 밀을 베고 있었다. 링컨은 양복을 벗더니 낫을 집어 들었다. "저도 농부의 아들입니다. 어려서부터 아버지를 도와 농사일을 했어요."라며 함께 밀을 베었다. 그 후, 링컨의 인기는 크게 올라갔다. 마침내 링컨은 주의회 의원이 되었다.'

- 링컨의 위인전 中에서

Q&A

김제홍의 삶,
생각·하다

질문　자신의 삶에 영향을 끼쳤던 책이나, 사람이 있다면?

김제홍　어릴 때 주로 위인전을 많이 읽었어요. 이순신, 에이브러햄 링컨, 나폴레옹, 칭기즈칸, 알렉산더대왕 등…. 그중 링컨의 책에서 읽은 '약속'에 대한 일화가 오랫동안 기억에 남았습니다.

에이브러햄 링컨의 별명은 '정직한 에이브'였다고 해요. 그가 24세 때 가게를 운영하다가 동업자를 잘못 만나 거액의 빚을 떠안게 됐었어요. 당시 법으로는 파산을 선언하고 다른 곳으로 이주하면 그만이었지요. 그러나 링컨은 약속을 지키기 위해 열심히 돈을 모아 결국 부채를 모두 갚았어요. 그의 정직함을 말해 주는 일화였죠.

링컨이 미국 역사상 가장 위대한 대통령으로 사랑받는 것은 남북전쟁의 승리나 노예해방 같은 업적을 남긴 덕분이기도 하지만, 남다른 정직성도 큰 역할을 하고 있다고 생각합니다. 약속을 지키고 정직을 유지하는 것은 소중한 미덕이지만 링컨처럼 이를 평생 실천하는 것은 어려운 일입니다. 어린 마음이었지만, 반드시 '약속을 지키는 사람이 되자.'라고 생각했습니다.

그리고 무엇보다 또 한 분, 아까 ESG 경영과 관련하여 말씀드린 저희 조모이십니다. 할머니가 몸소 보여주신 삶의 가치들이 저의 흔들리지 않는 정신적 유산으로 자리하고 있습니다.

질문   강릉영동대학교에서 총장을 역임하셨고, 농부로 직접 농사도 지으셨어요. 참 특별합니다.

김제홍   애초부터 전 농부의 아들이었어요. 2001년 늦가을, 아버지가 돌아가셔서 그다음 해, 아버지가 물려주신 땅에서 농사를 지었습니다. 대학교수로 있으면서, 주말과 방학 기간을 이용해서 농사를 지었습니다. 동네 마을주민에게 물어가면서 농사를 배웠어요. 첫해는 시행착오를 겪기도 했지만, 다음 해부터는 농업교육도 받고 농사에 관한 책을 통해 공부한 끝에 제법 농사를 잘하게 되었어요. 1만 2천 평 정도의 벼농사와 2천 평 정도의 밭농사를 했죠. 땅콩, 고구마 등 여러 작물을 심고 수확했어요.

농사일을 통해 농민들의 고충과 사정을 누구보다 잘 알게 되었죠. 변해가는 농촌의 현실도 뼈저리게 느꼈습니다. 농사는 참 정직합니다. 그 정직한 마음을 지켜주고 싶습니다. 흘린 땀만큼 결과물을 주는 농사처럼 이 땅이 농민에게 희망을 주는 그런 정치를 하고 싶습니다.

질문 교수님은 무척 선(善)한 인상입니다. 선(善)한 것과 나약함은 분명 차이가 있을 겁니다. 본인의 성품은 스스로 어떻게 평가하십니까.

김제홍 대학 총장 시절, 주변 사람들이 저를 '따뜻한 카리스마'라고 말하더군요. 외유내강이란 말도 있잖아요? 외모로 인해 손해 보는 일은 없는 것 같습니다. 강한 것과 약한 것 그리고 선한 것과 약한 것의 차이는 분명합니다. 사람들은 흔히 인상이 유순해 보이면 성격도 약할 것이라는 생각을 하지만, 그것이 전부는 아닙니다. 전 옳다고 믿으면 끝까지 뿌리를 뽑는 성격입니다. 그래서 때론 일에 관해서 독하다는 소리도 많이 들어요. 총장 시절에도 재단과 교수협의회, 직원노조 사이의 갈등이 극심했어요. 대학의 정상화를 위해 사람들과 부딪히는 일이 쉽지 않았지만, 끝내 참고 인내를 갖고 풀어냈어요. 마침내 모든 갈등을 이겨 내고 대학의 정상화가 실현되었지요.

질문 김제홍 교수가 정치에 입문하게 된 계기는 무엇입니까?

김제홍 고인 물은 썩게 마련입니다. 세상의 이치가 그렇듯이 정치도 그래요. 늘 새로운 정치라고 말하지만 '그 나물에 그 밥'이더군요. 이번 선거를 통해 과거 구태의연한 사고에 머물러 있는 '안락의자 정치인'들을 심판하고, 정파와 계파로 나뉘어 정략적 당리당략에 의해 움직이는 정치 생태를 바꾸고 싶습니다. 또 앞으로 10년간 청원구의 먹거리를 안정적으로 마련하는 기반을 만들겠습니다. 누군가 제게 '당신은 정치를 너무 몰라.'라고 말하더군요. 오히려 전, 그 말이 좋았습니다. 새로운 지도자를 바라는 시대정신은 정치 경험이 아닌, 도전과 혁신에 있어요. 자신이 지킬 것이 많은 사람이 정치하면, 정작 국민을 지킬 수가 없어요. 아직 물들지 않아 잃을 것도 없는 저 같은 사람이 정치하면, 이익은 정치인이 아닌, 국민이 이득을 볼 것입니다. 행사장 수백 번을 다녀와도 한 가지 법안도 바꾸지 않는 것보단, 한 번의 행사장을 가더라도 시민의 필요한 목소리를 정책으로 바꾸는 정치인이 되고 싶습니다. 우리가 정치에 무관심하고 눈을 돌리는 순간, 고인 물은 더 짙은 악취를 풍기며 썩겠지요. 끊임없이 우리는 정치인의 행동과 말에 주목하고 목소리를 내야 합니다. 제가 그 정치의 물에 몸을 던져 혼탁한 물을 맑은 물로 정화하기를 희망합니다.

질문   내수가 고향이죠? 성장 과정이 궁금합니다.

김제홍   1965년 11월 23일 청원구 내수읍 세교리에서 4남 1녀 중 장남으로 태어났습니다. 매우 가난한 농촌 가정에서 태어났고, 성장하면서 집안 형편이 나아지기 시작했어요. 2001년 아버지 사망 후부터는 20년 이상 농사를 직접 지어왔기 때문에 농촌의 현실과 농민들의 애로사항, 서민들의 삶을 직접 몸으로 겪고 이겨 내어서, 농민들의 어려움을 누구보다 잘 이해하고 있습니다.

비상초, 내수중, 청주고를 졸업한 뒤 가정 형편상 등록금 부담이 적고 집에서 다닐 수 있는 지방국립대인 충북대 전기공학과로 가자고 결심했습니다. 충북대에서 전기공학과 학부를 졸업하고 대학원 석, 박사과정을 밟았어요. 박사과정 수료 후, 포스코 산하 포스콘 기술연구소에서 발주한 무정전전원장치의 국산화 개발 프로젝트를 주도적으로 이끌어 성공시켰죠.

93년 3월부터 96년 2월까지 3년간 충북대 시간강사를 하였고 98년 2월에 박사학위를 취득했어요. 강릉영동대학교 전기과 교수는 96년 3월 1일 부임하게 되었습니다. 아무것도 없는 전기과를 1년간 혼자 학과 커리큘럼과 개발, 실험실습실을 구축하여 학과를 반석 위에 올려놓았습니다.

2019년 2월 직원노조와 재단 간의 갈등이 극에 달할 때, 이사장으로부터 총장직을 제안받고 총장을 맡게 되었습니다. 2019년 3월 총장 임기를 시작하여 2년 만에 다시 대학을 정상화한 후, 평교수로 돌아왔습니다.

에
필
로
그

　지난 주말, 파주시가 기획한 디엠지(DMZ) 평화관광 코스를 다녀왔다.

　서쪽 끝부터 동쪽 끝까지 이어진 155마일의 철조망은 현재도 끊임없이 긴장을 요구하고 있었다. 도라산 전망대에서 바라본 북녘의 모습은 같은 나라인데, 이국의 땅처럼 낯설었다.

　디엠지(DMZ) 평화의 길은 비무장지대를 평화지대로 만들고자 하는 간절한 마음이 담겨 있다. 파주코스 1.4km 걷기 노선은 디엠지(DMZ) 생태 탐방로였다. 이 탐방로의 끝자락에서 북한 쪽의 디엠지(DMZ)를 마주할 수 있었다.

　이곳부터 산(山)이 끊어지고, 강(江)이 끊어졌다. 모든 풍경에 금이 갔다. 마치 국토의 혈류가 여기저기 막힌 듯 가슴이 답답해 왔다. 한참을 그곳에 서서 산의 능선을 눈으로 더듬으며 끊어진 길을 잇고, 이쪽저쪽 자유로이 넘나드는 새처럼, 유유히 흐르는 물길처럼, 남과 북의 사람들도 자연스레 섞이는 풍경을 상상해 보았다.

수십 년 묻혀 있었던 지뢰와 포탄, 이끼로 뒤덮인 불발탄 등을 걷어내고 그 땅 위로 새롭게 열린 생명의 길은 세상의 어느 길보다 넓고 환했다. 오랫동안 신비롭게 잠자고 있던 자연의 비경은 분단의 역설이다.

군데군데 아픔의 흔적들인 감시탑과 철조망도 그대로 두었다. 때로 역사의 상흔은 말 없는 역사의 산증인이 될 수 있으므로…. 그 모든 풍경 사이로 임진강은 유장하게 흐른다. 북쪽에서 온 관광객이 남쪽에서 온 이들과 섞여 이야기를 나눈다. 이따금 들려오는 북쪽의 함경도, 황해도 사투리와 남쪽의 전라도, 충청도 사투리가 서로 어우러지고, 세계 각국의 언어와 인종이 섞여 다툼이 없는 평화의 대화가 그대로 풍경이 된다.

목로(木路)의 아래는 아프리카 평원을 달리는 영양처럼 점박이 사슴 몇 마리가 펄쩍 뛰어오르고, 임진강에서 이름 모를 물고기들이 수면 위로 솟구쳐 오르면, 부리 빨간 물새가 재빠르게 낚아채 하늘로 오른다. 일단의 새떼들은 하늘의 햇살을 헹구어 대지로 마구 뿌

리고, 엄마 품을 벗어난 새끼 멧돼지가 고라니 서슬에 놀라 달아난
다. 수천의 재두루미 군락은 강물에 목을 축인다.

이 정겨운 서사(敍事)의 풍경에 사람들은 흐뭇하고 편안한 미소를
짓는다. 멀리 휘파람과도 같은 투명한 새소리가 공기를 청량하게
씻어낸다. 남쪽에서 명맥을 유지하던 반달곰도 어슬렁거리고, 깜
찍한 담비도 소란스럽게 도토리를 모아 멀리 자신을 살피는 삶의
눈동자를 경계하듯 빤히 바라보고 있다.

이런 상상을 하는 것만으로도 가슴 벅차다.

비무장지대(DMZ)는 인간에게 상처를 입었던 고통의 땅이었다.
사람이 버린 땅은 스스로 아픔을 견뎌내고, 온전한 숲을 이뤘다.
DMZ는 전쟁으로 파괴된 자연생태계가 복원되고 있는 생태의 보
고(寶庫)다. 전쟁 및 주기적인 군사활동으로 인하여 자연생태계가
파괴된 이후 놀라운 복원의 모습을 보여주는 세계적으로 유일한
사례다.

한반도의 중심에 자리한 이 평화 벨트는 분명 긴장의 완충지대가 될 것이다. 〈디엠지(DMZ) 평화공원〉이 꿈처럼 실현된다면, 가장 오래 보존된 자연의 역사공원으로 사랑받을 것이다. 또한, 우리나라를 넘어선 세계 평화의 상징으로도 각광(覺光) 받을 수 있으리라 본다.

> '비무장지대는 무기를 가지고는 못 들어가는 곳이라
> 우리는 총을 버리고 군복을 벗고 들어간다
> 막걸리 통들만 둘러메고 들어간다.
>
> – 문익환 목사의 시 〈비무장지대〉 中

아무 조건 없이 스스럼없이, 남과 북 하나 되어 소박한 막걸리 나누며, 오랜 회포를 풀고 반갑게 해후하는 그날이 어서 빨리 오기를 소망한다. 그 통일의 씨앗이 〈디엠지(DMZ) 평화공원〉이 될 수 있지 않을까. 지난 70년 동안 그 어디에도 속하지 못했던 그 땅이, 그 숲이, 다시 우리의 품으로 돌아올 수 있기를 간절히 염원한다.

김제홍 저자는 대학교 총장을 역임한 교수로서 국가 교육 발전에 많은 공헌을 했고 특히 세계적 경영 추세인 ESG 분야의 전문가로서 매우 기대가 되는 정치 지망생이다. 그가 제시하는 비전과 정책을 높이 평가하며 그의 정치 여정에 새로운 희망을 기대한다.

– 더불어민주당 정책위의장 국회의원 이개호

〈김제홍의 생각을 읽다–국민의 마음을 탐(探)하다〉

가난한 농촌 가정의 장남, 농부, 연구원, 교수, 대학 총장 등을 지낸 김제홍은 혜안과 통찰력을 가진 사람입니다.

사회를 보는 통찰은 위에서 아래를 내려다보면서 생겨나는 게 아닙니다. 아래에서 위를 바라볼 때 비로소 통찰의 싹이 피어납니다. 김제홍은 그런 통찰력을 가진 사람입니다. 정치인의 자질은 사회문제를 바라보는 무한한 고민에서 나옵니다. 농업과 농산물의 가치, 기후변화, ESG 경영, 교육과 인간다움을 고민하는 김제홍의 자질은 무궁무진합니다.

이 책은 인간 김제홍과 정치인 김제홍의 면모를 살펴볼 기회를 제공합니다.

이 책을 통해 여러분께서 김제홍의 생각을 읽고, 김제홍이 여러분의 마음을 탐하는 상호작용이 생기기를 바랍니다.

세상을 아름답고 멋지게 만드는 것은 꿈을 가진 사람들에 의해 이루어진다고 합니다. 하늘을 나는 꿈을 꾸는 사람이 비행기를 만들었고, 손안에 있는 가상 세계를 꿈꾼 사람이 스마트폰을 만들었습니다.

김제홍에게는 세상을 바꾸겠다는 원대한 꿈이 있습니다. 세상을 바꾸고 청주청원을 변화시킬 사람이 바로 이 책의 저자임을 믿어 의심치 않습니다.

- 국회의원 황운하

저와 교분이 있는 김제홍교수는 평생을 후학양성과 교육계에 종사한 지성의 상징인 대학교 총장 출신입니다. 나날이 변화하는 기술혁신의 새로운 시대에 걸맞는 ESG(지속가능한발전) 전문가인 김제홍 총장님의 가고자 하시는 길에 영광이 함께하길 바랍니다.

- 국회의원 박범계

김제홍의
생각을 읽·다

초판 1쇄 · 2023년 12월 15일

지은이 · 김제홍
제 작 · ㈜봄봄미디어
펴낸곳 · 봄봄스토리
등 록 · 2015년 9월 17일(No. 2015-000297호)
전 화 · 070-7740-2001
이메일 · bombom6896@naver.com

ISBN 979-11-89090-58-6(03810)
값 16,000원